轻阅读书系

沉沦·屐痕处处

郁达夫　著

北方联合出版传媒(集团)股份有限公司
万卷出版公司

图书在版编目（CIP）数据

沉沦·屐痕处处 / 郁达夫著. -- 沈阳：万卷出版公司，2015.6（2023.5 重印）
（轻阅读）
ISBN 978-7-5470-3620-4

Ⅰ. ①沉… Ⅱ. ①郁… Ⅲ. ①小说集－中国－现代②散文集－中国－现代 Ⅳ. ① I216.2

中国版本图书馆 CIP 数据核字 (2015) 第 068789 号

出 品 人：王维良
出版发行：北方联合出版传媒（集团）股份有限公司
万卷出版公司
（地址：沈阳市和平区十一纬路 29 号　邮编：110003）
印 刷 者：三河市双升印务有限公司
经 销 者：全国新华书店
幅面尺寸：150mm × 215mm
字　　数：160 千字
印　　张：15
出版时间：2015 年 6 月第 1 版
印刷时间：2023 年 5 月第 2 次印刷
责任编辑：胡　利
责任校对：张　莹
封面设计：王晓芳
内文制作：王晓芳
ISBN 978-7-5470-3620-4
定　　价：59.00 元
联系电话：024-23284090
传　　真：024-23284448

序 言

年少读书，老师总以“生而有涯，学而无涯”相勉励，意思是知识无限而人生有限，我们少年郎更得珍惜时光好好学习。后来读书多了，才知庄子的箴言还有后半句：“以有涯随无涯，殆已！”顿感一代宗师的见识毕竟非一般学究夫子可比。

一代美学家、教育家朱光潜老先生也曾说：“书是读不尽的，就读尽也是无用。”理由是“多读一本没有价值的书，便丧失可读一本有价值的书的时间和精力”，可见“英雄所见略同”。

当代人的生活节奏越来越快，很多人感慨抽出时间来读书俨然成为一种奢侈。既然我们能够用来读书的时间越来越宝贵，而且实际上也并非每本书都值得一读，那么如何从浩瀚的书海中挑出真正适合自己的好书，就成为一项重要且必不可少的工作。于是，我们编纂了这套“轻阅读”书系，希望以一愚之得为广大书友们做一些粗浅的筛选工作。

本辑“轻阅读”主要甄选的是民国诸位大师、文豪的著作，兼选了部分同一时期“西学东渐”引入国内的外国名著。我们之所以选择这个时期的作品作为我们这套书系的第一辑，原因几乎是不言而喻的——这个时期是中国学术史上一个大时代，只有春秋战国等少数几个时代可以与之媲美，而且这个时代创造或引进的思想、文化、学术、文学至今对当代人还有着深远的影响。

当然，己所欲者，强施于人也是不好的，我们无意去做一个惹人生厌的、给人“填鸭”的酸腐夫子。虽然我们相信，这里面的每一本书都能撼动您的心灵，启发您的思想，但我们更信任读者您的自主判断，这么一大套书系大可不必读尽。若是功力不够，勉强读尽只怕也难以调和、消化。崇敬慷慨激昂的闻一多的读者未必也欣赏郁达夫的颓废浪漫；听完《猛回头》《警世钟》等铿锵澎湃的革命号角，再来朗读《翡冷翠的一夜》等“吴侬软语”也不是一个味儿。

读书是一件惬意的事，强制约束大不如随心所欲。偷得浮生半日闲，泡一杯清茶，拉一把藤椅，在家中阳光最充足的所在静静地读一本好书，聆听过往大师们穿越时空的凌云舒语，岂不快哉？

周志云

目录

沉　沦

屐痕处处

沉　沦

自序

我的三篇小说，都不是强有力的表现。自家做好之后，也不愿再读一遍。所以这本书的批评如何，我是不顾着的。第一篇《沉沦》是描写着一个病的青年的心理，也可以说是青年忧郁病 Hypochondria 的解剖，里边也带叙着现代人的苦闷，——便是性的要求与灵肉的冲突——但是我的描写是失败了。第二篇《南迁》是描写一个无为的理想主义者的没落，主人公的思想在他的那篇演说里头就可以看得出来。这两篇是一类的东西，就把它们作连续的小说看，也未始不可的。这两篇东西里，也有几处说及日本的国家主义对于我们中国留学生的压迫的地方，但是怕被人看作了宣传的小说，所以描写的时候，不敢用力，不过烘云托月的点缀了几笔。第三篇附录的《银灰色的死》，是在《时事新报》上发表过的，寄稿的时候我是不写名字寄去的，《学灯》栏的主持者，好像把它当作了小孩儿的痴话看，竟把它丢弃了；后来不知什么缘故，过了半年，突然把它揭载了出来。我也很觉得奇怪，但

是半年的中间，还不曾把那原稿销毁，却是他的盛意，我不得不感谢他的。

《银灰色的死》是我的试作，便是我的第一篇创作，是今年正月初二脱稿的。往年也曾做过一篇《还乡记》，但是在北京的时候，把它烧失了，我现在正想再做它出来，不晓得也可以比得客拉衣耳的《法国革命史》么？

一千九百二十一年七月三十日叙于东京旅次，达夫。

沉沦

一

他近来觉得孤冷得可怜。

他的早熟的性情，竟把他挤到与世人绝不相容的境地去，世人与他的中间介在的那一道屏障，愈筑愈高了。

天气一天一天的清凉起来，他的学校开学之后，已经快半个月了。那一天正是九月的二十二日。

晴天一碧，万里无云，终古常新的皎日，依旧在她的轨道上，一程一程的在那里行走。从南方吹来的微风，同醒酒的琼浆一般，带着一种香气，一阵阵的拂上面来。在黄苍未熟的稻田中间，在弯曲同白线似的乡间的官道上面，他一个人手里捧了一本六寸长的 Wordsworth 的诗集，尽在那里缓缓的独步。在这大平原内，四面并无人影；不知从何处飞来的一声两声的远吠声，悠悠扬扬的传到他耳膜上来。他眼睛离开了书，同做梦似的向有犬吠声的地方看去，但看见了一丛杂树，几处人家，同鱼鳞似的屋瓦上，有一层薄薄的蜃气楼，

同轻纱似的，在那里飘荡。

“Oh，you serene gossamer!you beautiful gossamer!”

这样的叫了一声，他的眼睛里就涌出了两行清泪来，他自己也不知道是什么缘故。

呆呆的看了好久，他忽然觉得背上有一阵紫色的气息吹来，息索的一响，道旁的一枝小草，竟把他的梦境打破了。他回转头来一看，那枝小草还是颠摇不已，一阵带着紫罗兰气息的和风，温微微的喷到他那苍白的脸上来。在这清和的早秋的世界里，在这澄清透明的以太（Ether）中，他的身体觉得同陶醉似的酥软起来。他好像是睡在慈母怀里的样子。他好像是梦到了桃花源里的样子。他好像是在南欧的海岸，躺在情人膝上，在那里贪午睡的样子。

他看看四边，觉得周围的草木，都在那里对他微笑。看看苍空，觉得悠久无穷的大自然，微微的在那里点头。一动也不动的向天看了一会，他觉得天空中，有一群小天神，背上插着了翅膀，肩上挂着了弓箭，在那里跳舞。他觉得乐极了。便不知不觉开了口，自言自语的说：

“这里就是你的避难所。世间的一般庸人都在那里妒忌你，轻笑你，愚弄你；只有这大自然，这终古常新的苍空皎日，这晚夏的微风，这初秋的清气，还是你的朋友，还是你的慈母，还是你的情人，你也不必再到世上去与那些轻薄的男女共处去，你就在这大自然的怀里，这纯朴的乡间终老了吧。”

这样的说了一遍，他觉得自家可怜起来，好像有万千哀怨，横亘在胸中，一口说不出来的样子。含了一双清泪，他的眼睛又看到他手里的书上去。

Behold her, single in the field,
You solitary Highland lass!
Reaping and singing by herself;
Stop here, or gently pass!
Alone she cuts, and binds the grain,
And sings a melancholy strain;
Oh, listen! for the vale profound
Is overflowing with the sound。

看了这一节之后，他又忽然翻过一张来，脱头脱脑的看到那第三节去。

Will no one tell me what she sings?
Perhaps the plaintive numbers flow
For old, unhappy, far-off things,
And battle long ago:
Or is it some more humble lay,
Familiar matter of today?
Some natural sorrow, loss, or pain,
That has been and may be again！

这也是他近来的一种习惯，看书的时候，并没有次序的。几百页的大书，更可不必说了，就是几十页的小册子，如爱美生的《自然论》(Emerson's On Nature)，沙罗的《逍遥游》(Thorean's Excursion)之类，也没有完完全全从头至尾的读完

一篇过。当他起初翻开一册书来看的时候，读了四行五行或一页二页，他每被那一本书感动，恨不得要一口气把那一本书吞下肚子里去的样子，到读了三页四页之后，他又生起一种怜惜的心来，他心里似乎说：

“像这样的奇书，不应该一口气就把它念完，要留着细细儿的咀嚼才好。一下子就念完了之后，我的热望也就不得不消灭，那时候我就没有好望，没有梦想了，怎么使得呢？”

他的脑里虽然有这样的想头，其实他的心里早有一些儿厌倦起来，到了这时候，他总把那本书收过一边，不再看下去。过几天或者过几个钟头之后，他又用了满腔的热忱，同初读那一本书的时候一样的，去读另外的书去；几日前或者几点钟前那样的感动他的那一本书，就不得不被他遗忘了。

放大了声音把渭迟渥斯“孤寂的高原刈稻者”的那两节诗读了一遍之后，他忽然想把这一首诗用中国文翻译出来。

他想想看，The solitary Highland reaper 诗题只有如此的译法。

你看那个女孩儿，她只一个人在田里，

你看那边的那个高原的女孩儿，她只一个人冷清清地！

她一边刈稻，一边在那儿唱着不已：

她忽儿停了，忽而又过去了，轻盈体态，风光细腻！

她一个人，刈了，又重把稻儿捆起，

她唱的山歌，颇有些儿悲凉的情味：
听呀听呀！这幽谷深深，
全充满了她的歌唱的清音。

有人能说否，她唱的究是什么？
或者她那万千的痴话，
是唱着前代的哀歌，
或者是前朝的战事，千兵万马；
或者是些坊间的俗曲，
便是目前的家常闲说？
或者是些天然的哀怨，必然的丧苦，自然的悲楚，
这些事虽是过去的回思，将来想亦必有人指诉。

他一口气译了出来之后，忽又觉得无聊起来，便自嘲自骂的说：

“这算是什么东西呀，岂不同教会里的赞美歌一样的乏味么？英国诗是英国诗，中国诗是中国诗，又何必译来译去呢！”

这样的说了一句，他不知不觉便微微儿的笑起来。向四边一看，太阳已经打斜了；大平原的彼岸，西边的地平线上，有一座高山，浮在那里，饱受了一天残照，山的周围酝酿成一层朦朦胧胧的岚气，反射出一种紫不紫红不红的颜色来。

他正在那里出神呆看的时候，喀的咳嗽了一声，他的背后忽然来了一个农夫。回头一看，他就把他脸上的笑容改装

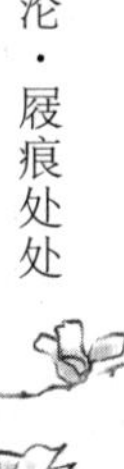

了一副忧郁的面色，好像他的笑容是怕被人看见的样子。

二

他的忧郁症愈闹愈甚了。

他觉得学校里的教科书，味同嚼蜡，毫无半点生趣。天气清朗的时候，他每捧了一本爱读的文学书，跑到人迹罕至的山腰水畔，去贪那孤寂的深味去。在万籁俱寂的瞬间，在天水相映的地方，他看看草木虫鱼，看看白云碧落，便觉得自家是一个孤高傲世的贤人，一个超然独立的隐者。有时在山中遇着一个农夫，他便把自己当作了Zaratustra，把Zaratustra所说的话，也在心里对那农夫讲了。他的Megalomainia也同他的Hypochondria成了正比例，一天一天的增加起来。他竟有接连四五天不上学校去听讲的时候。

有时候到学校里去，他每觉得众人都在那里凝视他的样子。他避来避去想避他的同学，然而无论到了什么地方，他的同学的眼光，总好像怀了恶意，射在他的背脊上面。

上课的时候，他虽然坐在全班学生的中间，然而总觉得孤独得很；在稠人广众之中，感得的这种孤独，倒比一个人在冷清的地方，感得的那种孤独，还更难受。看看他的同学看，一个个都是兴高采烈的在那里听先生的讲义，只有他一个人身体虽然坐在讲堂里头，心思却同飞云逝电一般，在那里作无边无际的空想。

好容易下课的钟声响了！先生退去之后，他的同学说笑的说笑，谈天的谈天，个个都同春来的燕雀似的，在那里作乐；只有他一个人锁了愁眉，舌根好像被千钧的巨石锤住的样子，兀的不作一声。他也很希望他的同学来对他讲些闲话，然而他的同学却都自家管自家的去寻欢乐去，一见了他那一副愁容，没有一个不抱头奔散的，因此他愈加怨他的同学了。

“他们都是日本人，他们都是我的仇敌，我总有一天来复仇，我总要复他们的仇。”

一到了悲愤的时候，他总这样的想的，然而到了安静之后，他又不得不嘲骂自家说：

“他们都是日本人，他们对你当然是没有同情的，因为你想得他们的同情，所以你怨他们，这岂不是你自家的错误么？”

他的同学中的好事者，有时候也有人来向他说笑的，他心里虽然非常感激，想同那一个人谈几句知心的话，然而口中总说不出什么话来；所以有几个解他的意的人，也不得不同他疏远了。

他的同学日本人在那里欢笑的时候，他总疑他们是在那里笑他，他就一霎时的红起脸来。他们在那里谈天的时候，若有偶然看他一眼的人，他又忽然红起脸来，以为他们是在那里讲他。他同他同学中间的距离，一天一天的远背起来，他的同学都以为他是爱孤独的人，所以谁也不敢来近他的身。

有一天放课之后，他挟了书包，回到他的旅馆里来，有三个日本学生系同他同路的。将要到他寄寓的旅馆的时候，前面忽然来了两个穿红裙的女学生。在这一区市外的地方，从没有女学生看见的，所以他一见了这两个女子，呼吸就紧缩起来。他们四个人同那两个女子擦过的时候，他的三个日

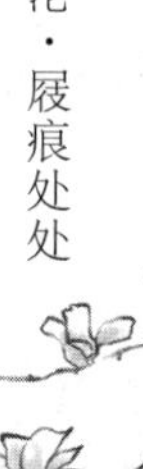

本人的同学都问她们说：

“你们上哪儿去？”

那两个女学生就作起娇声来回答说：

“不知道！”

“不知道！”

那三个日本学生都高笑起来，好像是很得意的样子；只有他一个人似乎是他自家同她们讲了话似的，害了羞，匆匆跑回旅馆里来。进了他自家的房，把书包用力的向席上一丢，他就在席上躺下了。他的胸前还在那里乱跳，用了一只手枕着头，一只手按着胸口，他便自嘲自骂的说：

“You coward fellow，you are too coward！

“你既然怕羞，何以又要后悔？

“既要后悔，何以当时你又没有那样的胆量？不同她们去讲一句话？

“Oh，coward，coward！”

说到这里，他忽然想起刚才那两个女学生的眼波来了。

那两双活泼泼的眼睛！

那两双眼睛里，确有惊喜的意思含在里头。然而再仔细想了一想，他又忽然叫起来说：

“呆人呆人！她们虽有意思，与你有什么相干？她们所送的秋波，不是单送给那三个日本人的么？唉！唉！她们已经知道了，已经知道我是支那人了，否则她们何以不来看我一眼呢！复仇复仇，我总要复她们的仇。”

说到这里，他那火热的颊上忽然滚了几颗冰冷的眼泪下来。他是伤心到极点了。这一天晚上，他记的日记说：

我何苦要到日本来，我何苦要求学问。既然到了日本，那自然不得不被他们日本人轻侮的。中国呀中国！你怎么不富强起来，我不能再隐忍过去了。

故乡岂不有明媚的山河，故乡岂不有如花的美女？我何苦要到这东海的岛国里来！

到日本来倒也罢了，我何苦又要进这该死的高等学校。他们留了五个月学回去的人，岂不在那里享荣华安乐么？这五六年的岁月，教我怎么能挨得过去。受尽了千辛万苦，积了十数年的学识，我回国去，难道定能比他们来胡闹的留学生更强么？

人生百岁，年少的时候，只有七八年的光景，这最纯最美的七八年，我就不得不在这无情的岛国里虚度过去，可怜我今年已经是二十一了。

槁木的二十一岁！

死灰的二十一岁！

我真还不如变了矿物质的好，我大约没有开花的日子了。

知识我也不要，名誉我也不要，我只要一个能安慰我体谅我的“心”。一副白热的心肠！从这一副心肠里生出来的同情！

从同情而来的爱情！

我所要求的就是爱情！

若有一个美人，能理解我的苦楚，她要我死，我也肯的。

若有一个妇人，无论她是美是丑，能真心真意的爱我，我也愿意为她死的。

我所要求的就是异性的爱情！

苍天呀苍天，我并不要知识，我并不要名誉，我也不要那些无用的金钱，你若能赐我一个伊甸园内的“伊扶”，使她的肉体与心灵，全归我有，我就心满意足了。

三

他的故乡，是富春江上的一个小市，去杭州水程不过八九十里。这一条江水，发源安徽，贯流全浙，江形曲折，风景常新，唐朝有一个诗人赞这条江水说“一川如画”。他十四岁的时候，请了一位先生写了这四个字，贴在他的书斋里，因为他的书斋的小窗，是朝着江面的。虽则这书斋结构不大，然而风雨晦明，春秋朝夕的风景，也还抵得过滕王高阁。在这小小的书斋里过了十几个春秋，他才跟了他的哥哥到日本来留学。

他三岁的时候就丧了父亲，那时候他家里困苦得不堪。好容易他长兄在日本W大学卒了业，回到北京，考了一个进士，分发在法部当差，不上两年，武昌的革命起来了。那时候他已在县立小学堂卒了业，正在那里换来换去的换中学堂。他家里的人都怪他无恒性，说他的心思太活；然而依他自己讲来，他以为他一个人同别的学生不同，不能按部就班的同他们同在一处求学的。所以他进了K府中学之后，不上半年又忽然转了H府中学来；在H府中学住了三个月，革命就起来了。H府中学停学之后，他依旧只能回到那小小的书斋里来。第二年的春天，正是他十七岁的时候，他就进了H大学的预科。这大学是在杭州城外，本来是美国长老会捐钱创办的，所以学校里浸润了一种专制的弊风，学生的自由，几乎被压缩得同针眼儿一般的小。礼拜三的晚上有什么祈祷会，礼拜日非但不准出去游玩，并且在家里看别的书也不准的，除了唱赞美诗祈祷之外，只许看新旧约书。每天早晨从九点钟到九点二十分，定要去做礼拜，不去做礼拜，就要扣分数记过。他虽然非常爱那学校近旁的山水景物，然而他的心思，总有些反抗的意思，因为他是一个爱自由的人，对那些迷信的管束，怎么也不甘心服从。住不上半年，那大学里的厨子，托了校长的势，竟打起学生来。学生中间有几个不服的，便去告诉校长，校长反说学生不是。他看看这些情形，实在是太无道理了，就立刻去告了退，仍复回家，到那小小的书斋里去。那时候已经是六月初了。

在家里住了三个多月，秋风吹到富春江上，两岸的绿树，就快凋落的时候，他又坐了帆船，下富春江，上杭州去。却好那时候石牌楼的W中学正在那里招插班生，他进去见了校长M氏，把他的经历说给了M氏夫妻听，M氏就许他插入最高的班里去。这W中学原来也是一个教会学校，校长M氏，也是一个糊涂的美国宣教师，他看看这学校的内容倒比H大学不如了。与一位很卑鄙的教务长——原来这一位先生就是H大学的卒业生——闹了一场，第二年的春天，他就出来了。

出了W中学，他看看杭州的学校，都不能如他的意，所以他就打算不再进别的学校去。

正是这个时候，他的长兄也在北京被人排斥了。原来他的长兄为人正直得很，在部里办事，铁面无私，并且比一般部内的人物又多了一些学识，所以部内上下，都忌惮他。有一天某次长的私人，来问他要一个位置，他执意不肯，因此次长就同他闹起意见来，过了几天他就辞了部里的职，改到司法界去做司法官去了。他的二兄那时候正在绍兴军队里作军官，这一位二兄军人习气颇深，挥金如土，专喜结交侠少。他们弟兄三人，到这时候都不能如意之所为，所以那一小市镇里的闲人都说他们的风水破了。

他回家之后，便镇日镇夜的蛰居在他那小小的书斋里。他父祖及他长兄所藏的书籍，就作了他的良师益友。他的日记上面，一天一天的记起诗来。有时候他也用了华丽的文章做起小说来，小说里就把他自己当作了一个多情的勇士，把他邻近的一家寡妇的两个女儿，当作了贵族的苗裔，把他故乡的风物，全编作了田园的清景；有兴的时候，他还把他自家的小说，用单纯的外国文翻释起来；他的幻想，愈演愈大了，他的忧郁病的根苗，大概也就在这时候培养成功的在家里住了半年，到了七月中旬，他接到他长兄的来信说：

“院内近有派予赴日本考察司法事务之意，予已许院长以东行，大约此事不日可见命令。渡日之先，拟返里小住。三弟居家，断非上策，此次当偕赴日本也。”

他接到了这一封信之后，心中日日盼他长兄南来，到了九月下旬，他的兄嫂才自北京到家。住了一月，他就同他的长兄长嫂同到日本去了。

到了日本之后，他的 Dreams of the romantic age 尚未醒悟，模模糊糊的过了半载，他就考入了东京第一高等学校。这正是他十九岁的秋天。

第一高等学校将开学的时候，他的长兄接到了院长的命令，要他回去。他的长兄便把他寄托在一家日本人的家里，几天之后，他的长兄长嫂和他的新生的侄女儿就回国去了。东京的第一高等学校里有一班预备班，是为中国学生特设的。在这预科里预备一年，卒业之后，才能入各地高等学校的正科，与日本学生同学。他考入预科的时候，本来填的是文科，后来将在预科卒业的时候，他的长兄定要他改到医科去，他当时亦没有什么主见，就听了他长兄的话把文科改了。

预科卒业之后，他听说N市的高等学校是最新的，并且N市是日本产美人的地方，所以他就要求到N市的高等学校去。

四

他的二十岁的八月二十九日的晚上，他一个人从东京的中央车站乘了夜行车到N市去。

那一天大约刚是旧历的初三四的样子，同天鹅绒似的又蓝又紫的天空里，洒满了一天星斗。半痕新月，斜挂在西天

角上，却似仙女的蛾眉，未加翠黛的样子。他一个人靠着了三等车的车窗，默默的在那里数窗外人家的灯火。火车在暗黑的夜气中间，一程一程地进去，那大都市的星星灯火，也一点一点的朦胧起来，他的胸中忽然生了万千哀感，他的眼睛里就忽然觉得热起来了。

“Sentimental，too sentimental！”

这样的叫一声，把眼睛揩了一下，他反而自家笑起自家来。

“你也没有情人留在东京，你也没有弟兄知己住在东京，你的眼泪究竟是为谁洒的呀！或者是对于你过去的生活的伤感，或者是对你二年间的生活的余情，然而你平时不是说不爱东京的么？”

“唉，一年人住岂无情。”

“黄莺住久浑相识，欲别频啼四五声！”

胡思乱想的寻思了一会，他又忽然想到初次赴新大陆去的清教徒的身上去。

“那些十字架下的流人，离开他故乡海岸的时候，大约也是悲壮淋漓，同我一样的。”

火车过了横滨，他的感情方才渐渐儿的平静起来。呆呆的坐了一忽，他就取了一张明信片出来，垫在海涅（Heine）的诗集上，用铅笔写了一首诗寄他东京的朋友。

蛾眉月上柳梢初，又向天涯别故居，
四壁旗亭争赌酒，六街灯火远随车，
乱离年少无多泪，行李家贫只旧书。
夜后芦根秋水长，凭君南浦觅双鱼。

在朦胧的电灯光里，静悄悄的坐了一会，他又把海涅的诗集翻开来看了。

Lebet wohl, ihr glatten Saele,
Glatte Herren, glatte, Frauen!
Auf die Berge will ich steigen,
Lacend auf euch niederschauen!
Hein's Harzreise.

“浮薄的尘寰，无情的男女，
你看那隐隐的青山，我欲乘风飞去，
且住且住，
我将从那绝顶的高峰，笑看你终归何处。

单调的轮声，一声声连连续续的飞到他的耳膜上来，不上三十分钟他竟被这催眠的车轮声引诱到梦幻的仙境里去了。

早晨五点钟的时候，天空渐渐儿的明亮起来。在车窗里向外一望，他只见一线青天还被夜色包住在那里。探头出去一望，一层薄雾，笼罩着一幅天然的画图，他心里想了一想：

“原来今天又是清秋的好天气，我的福分真可算不薄了。”

过了一个钟头，火车就到了N市的停车场。

下了火车，在车站上遇见了一个日本学生；他看看那学生的制帽上也有两条白线，便知道他也是高等学校的学生。他走上前去，对那学生脱了一脱帽，问他说：

“第X高等学校是在什么地方的？”

那学生回答说：

“我们一路去罢。”

他就跟了那学生跑出火车站来，在火车站的前头，乘了电车。

时光还早得很，N市的店家都还未曾起来。他同那日本学生坐了电车，经过了几条冷清的街巷，就在鹤舞公园前面下了车。他问那日本学生说：

“学校还远得很么？”

“还有二里多路。”

穿过了公园，走到稻田中间的细路上的时候，他看见太阳已经起来了，稻上的露滴，还同明珠似的挂在那里。前面有一丛树林，树林阴里，疏疏落落的看得见几椽农舍。有两三条烟囱筒子，突出在农舍的上面，隐隐约约的浮在清晨的空气里。一缕两缕的青烟，同炉香似的在那里浮动，他知道农家已在那里炊早饭了。

到学校近边的一家旅馆去一问，他一礼拜前头寄出的几件行李，早已经到在那里。原来那一家人家是住过中国留学生的，所以主人待他也很殷勤。在那一家旅馆里住下了之后，他觉得前途好像有许多欢乐在那里等他的样子。

他的前途的希望，在第一天的晚上，就不得不被目前的实情嘲弄了。原来他的故里，也是一个小小的市镇。到了东京之后，在人山人海的中间，他虽然时常觉得孤独，然而东京的都市生活，同他幼时的习惯尚无十分龃龉的地方。如今到了这N市的乡下之后，他的旅馆，是一家孤立的人家，四面并无邻舍，左首门外便是一条如发的大道，前后都是稻田，西面是一方池水，并且因为学校还没有开课，别的学生还没有到来，这一家宽旷的旅馆里，只住了他一个客人。白天倒还可以支吾过去，一到了晚上，他开窗一望，四面都是沉沉的黑影，并且因N市的附近是一大平原，所以望眼连天，四面并无遮障之处，远远里有一点灯火，明灭无常，森然有些鬼气。天花板里，又有许多虫鼠，息栗索落的在那里争食。窗外有几株梧桐，微风动叶，飒飒的响得不已，因为他住在二层楼上，所以梧桐的叶战声，近在他的耳边。他觉得害怕起来，几乎要哭出来了。他对于都市的怀乡病（nostalgia）从未有比那一晚更甚的。

学校开了课，他朋友也渐渐儿的多起来。感受性非常强烈的他的性情，也同天空大地丛林野水融和了。不上半年，他竟变成了一个大自然的宠儿，一刻也离不了那天然的野趣了。他的学校是在N市外，刚才说过市的附近是一大平原，所以四边的地平线，界限广大得很。那时候日本的工业还没有十分发达，人口也还没有增加得同目下一样，所以他的学校的近边，还多是丛林空地，小阜低岗。除了几家与学生做买卖的文房具店及菜馆之外，附近并没有居民。荒野的人间，只有几家为学生设的旅馆，同晓天的星影似的，散缀在麦田瓜地的中央。晚饭毕后，披了黑呢的缦斗（斗篷），拿了爱读的书，在迟迟不落的夕照中间，散步逍遥，是非常快乐的。他的田园趣味，大约也是在这 Idyllic Wanderings 的中间养成的。

在生活竞争并不十分猛烈，逍遥自在，同中古时代一样

的时候；在风气纯良，不与市井小人同处，清闲雅淡的地方；过日子正如做梦一样。他到了N市之后，转瞬之间，已经有半年多了。

熏风日夜的吹来，草色渐渐儿的绿起来。旅馆近旁麦田里的麦穗，也一寸一寸的长起来了。草木虫鱼都化育起来，他的从始祖传来的苦闷也一日一日的增长起来，他每天早晨，在被窝里犯的罪恶，也一次一次的加起来了。

他本来是一个非常爱高尚洁净的人，然而一到了这邪念发生的时候，他的智力也无用了，他的良心也麻痹了，他从小服膺的“身体发肤不敢毁伤”的圣训，也不能顾全了。他犯了罪之后，每深自痛悔，切齿的说，下次总不再犯了，然而到了第二天的那个时候，种种幻想，又活泼泼的到他的眼前来。他平时所看见的“伊扶”的遗类，都赤裸裸的来引诱他。中年以后的madam的形体，在他的脑中，比处女更有挑发他情动的地方。他苦闷一场，恶斗一场，终究不得不做她们的俘虏。这样的一次成了两次，两次之后就成了习惯。他犯罪之后，每到图书馆里去翻出医书来看，医书上都千篇一律的说，于身体有害的就是这一种犯罪。从此之后，他的恐惧心也一天一天的增加起来了。有一天他不知道从什么地方得来的消息，好像是一本书上说，俄国近代文学的创设者Gogol也犯这一宗病，他到死竟没有改过来，他想到Gogol心里就宽了一宽，因为这《死了的灵魂》的著者，也是同他一样的。然而这不过自家对自家的宽慰而已，他的胸里，总有一种非常的忧虑存在那里。

因为他是非常爱洁净的，所以他每天总要去洗澡一次，因为他是非常爱惜身体的，所以他每天总要去吃几个生鸡子和牛乳；然而他去洗澡或吃牛乳鸡子的时候，他总觉得惭愧得很，因为这都是他的犯罪的证据。

他觉得身体一天天的衰弱起来，记忆力也一天天的减退了。他又渐渐儿的生了一种怕见人面的心，见了妇女的时候，他觉得更加难受。学校的教科书，他渐渐的嫌恶起来，法国自然派的小说，和中国那几本有名的诲淫小说他念了又念，几乎记熟了。

有时候他忽然做出一首好诗来，他自家便喜欢得非常，以为他的脑力还没有破坏。那时候他每对着自家起誓说：

"我的脑力还可以使得，还能做得出这样的诗，我以后决不再犯罪了。过去的事实是没法，我以后总不再犯罪了。若从此自新，我的脑力，还是很可以的。"

然而一到了紧迫的时候，他的誓言又忘了。

每礼拜四五，或每月的二十六七的时候，他索性尽意的贪起欢来。他的心里想，自下礼拜一或下月初一起，我总不犯罪了。有时候正合到礼拜六或月底的晚上，去剃头洗澡去，以为这就是改过自新的记号，然而过几天他又不得不吃鸡子和牛乳了。

他的自责心同恐惧心，竟一日也不使他安闲，他的忧郁症也从此厉害起来了。这样的状态继续了一二个月，他的学校里就放了暑假，暑假的两个月内，他受的苦闷，更甚于平时；到了学校开课的时候，他的两颊的颧骨更高起来，他的青灰色的眼窝更大起来，他的一双灵活的瞳人，变了同死鱼

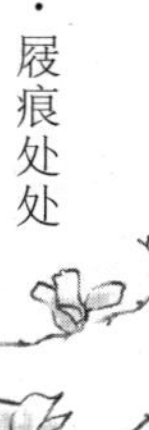

眼睛一样了。

五

秋天又到了。浩浩的苍空，一天一天的高起来。他的旅馆旁边的稻田，都带起黄金色来。朝夕的凉风，同刀也似的刺到人的心骨里去，大约秋冬的佳日，来也不远了。

一礼拜前的有一天午后，他拿了一本 Wordsworth 的诗集，在田塍路上逍遥漫步了半天。从那一天以后，他的循环性的忧郁症，尚未离他的身过。前几天在路上遇着的那两个女学生，常在他的脑里，不使他安静，想起那一天的事情，他还是一个人要红起脸来。

他近来无论上什么地方去，总觉得有坐立难安的样子。他上学校去的时候，觉得他的日本同学都似在那里排斥他。他的几个中国同学，也许久不去寻访了，因为去寻访了回来，他心里反觉得空虚。因为他的几个中国同学，怎么也不能理解他的心理。他去寻访的时候，总想得些同情回来的，然而到那里，谈了几句以后，他又不得不自悔寻访错了。有时候和朋友讲得投机，他就任了一时的热意，把他的内外的生活都对朋友讲了出来，然而到了归途，他又自悔失言，心理的责备，倒反比不去访友的时候，更加厉害。他的几个中国朋友，因此都说他是染了神经病了。他听了这话之后，对了那几个中国同学，也同对日本学生一样，起了一种复仇的心。他同他的几个中国同学，一日一日的疏远起来。嗣后虽在路上，或在学校里遇见的时候，他同那几个中国同学，也不点头招呼。中国留学生开会的时候，他当然是不去出席的。因此他同他的几个同胞，竟宛然成了两家仇敌。

他的中国同学的里边，也有一个很奇怪的人，因为他自家的结婚有些道德上的罪恶，所以他专喜讲人家的丑事，以掩己之不善，说他是神经病，也是这一位同学说的。

他交游离绝之后，孤冷得几乎到将死的地步，幸而他住的旅馆里，还有一个主人的女儿，可以牵引他的心，否则他真只能自杀了。他旅馆的主人的女儿，今年正是十七岁，长方的脸儿，眼睛大得很，笑起来的时候，面上有两颗笑靥，嘴里有一颗金牙看得出来，因为她自家觉得她自家的笑容是非常可爱，所以她平时常在那里笑的。

他心里虽然非常爱她，然而她送饭来或来替他铺被的时候，他总装出一种兀不可犯的样子来。他心里虽想对她讲几句话，然而一见了她，他总不能开口。她进他房里来的时候，他的呼吸竟急促到吐气不出的地步。他在她的面前实在是受苦不起了，所以近来她进他的房里来的时候，他每不得不跑出房外去。然而他思慕她的心情，却一天一天的浓厚起来。有一天礼拜六的晚上，旅馆里的学生，都上N市去行乐去了。他因为经济困难，所以吃了晚饭，上西面池上去走了一回，就回来了。

回家来坐了一会，他觉得那空旷的二层楼上，只有他一个人在家。静悄悄的坐了半晌，坐得不耐烦起来的时候，他又想跑出外面去。然而要跑出外面去，不得不由主人的房门口经过，因为主人和他女儿的房，就在大门的边上。他记得刚才进来的时候，主人和他的女儿正在那里吃饭。他一想到

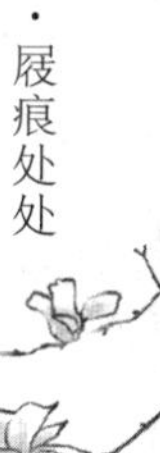

经过她面前的时候的苦楚，就把跑出外面去的心思丢了。

拿出了一本 G.Gissing 的小说来读了三四页之后，静寂的空气里，忽然传了几声煞煞的泼水声音过来。他静静儿的听了一听，呼吸又一霎时的急了起来，面色也涨红了。迟疑了一会，他就轻轻的开了房门，拖鞋也不拖，幽手幽脚的走下扶梯去。轻轻的开了便所的门，他尽兀兀的站在便所的玻璃窗口偷看。原来他旅馆里的浴室，就在便所的间壁，从便所的玻璃窗里看去，浴室里的动静了了可见。他起初以为看一看就可以走的，然而到了一看之后，他竟同被钉子钉住的一样，动也不能动了。

那一双雪样的乳峰！

那一双肥白的大腿！

这全身的曲线！

呼气也不呼，仔仔细细的看了一会，他面上的筋肉，都发起痉挛来了。愈看愈颤得厉害，他那发颤的前额部竟同玻璃窗冲击了一下。被蒸气包住的那赤裸裸的“伊扶”便发了娇声问说：

“是谁呀？……”

他一声也不响，急忙跳出了便所，就三脚两步的跑上楼上去了。

他跑到了房里，面上同火烧的一样，口也干渴了。一边他自家打自家的嘴巴，一边就把他的被窝拿出来睡了。他在被窝里翻来覆去，总睡不着，便立起了两耳，听起楼下的动静来。他听听泼水的声音也息了，浴室的门开了之后，他听见她的脚步声好像是走上楼来的样子，用被包着了头，他心里的耳朵明明告诉他说：

“她已经立在门外了。”

他觉得全身的血液，都在往上奔注的样子。心里怕得非常，羞得非常，也喜欢得非常。然而若有人问他，他无论如何，总不肯承认说，这时候他是喜欢的。

他屏住了气息，尖着了两耳听了一会，觉得门外并无动静，又故意咳嗽了一声，门外亦无声响。他正在那里疑惑的时候，忽听见她的声音，在楼下同她的父亲在那里说话。他手里捏了一把冷汗，拚命想听出她的话来，然而无论如何总听不清楚。停了一会，她的父亲高声笑了起来，他把被蒙头的一罩，咬紧了牙齿说：

“她告诉了他了！她告诉了他了！”

这一天的晚上他一睡也不曾睡着。第二天的早晨，天亮的时候，他就惊心吊胆的走下楼来。洗了手面，刷了牙，趁主人和他的女儿还没有起来之先，他就同逃也似的出了那个旅馆，跑到外面来。

官道上的沙尘，染了朝露，还未曾干着。太阳已经起来了。他不问皂白，便一直的往东走去。远远有一个农夫，拖了一车野菜慢慢的走来。那农夫同他擦过的时候，忽然对他说：

“你早啊！”

他倒惊了一跳，那清瘦的脸上，又起了一层红潮，胸前又乱跳起来，他心里想：

“难道这农夫也知道了么？”

无头无脑的跑了好久，他回转头来看看他的学校，已经远得很了，举头看看，太阳也升高了。他摸摸表看，那银饼

大的表，也不在身边。从太阳的角度看起来，大约已经是九点钟前后的样子。他虽然觉得饥饿得很，然而无论如何，总不愿意再回到那旅馆里去，同主人和他的女儿相见。想去买些零食充一充饥，然而他摸摸自家的袋看，袋里只剩了一角二分钱在那里。他到一家乡下的杂货店内，尽那一角二分钱，买了些零碎的食物，想去寻一处无人看见的地方去吃。走到了一处两路交叉的十字路口，他朝南一望，只见与他的去路横交的那一条自北趋南的路上，行人稀少得很。那一条路是向南斜低下去的，两面更有高壁在那里，他知道这路是从一条小山中开辟出来的。他刚才走来的那条大道，便是这山的岭脊，十字路当作了中心，与岭脊上的那条大道相交的横路，是两边低斜下去的。在十字路口迟疑了一会，他就取了那一条向南斜下的路走去。走尽了两面的高壁，他的去路就穿入大平原去，直通到彼岸的市内。平原的彼岸有一簇深林，划在碧空的心里，他心里想：

“这大约就是A神宫了。”

他走尽了两面的高壁，向左手斜面上一望，见沿高壁的那山面上有一道女墙，围住着几间茅舍，茅舍的门上悬着了“香雪海”三字的一方匾额。他离开了正路，走上几步，到那女墙的门前，顺手的向门一推，那两扇柴门竟自开了。他就随随便便的踏了进去。门内有一条曲径，自门口通过了斜面，直达到山上去的。曲径的两旁，有许多老苍的梅树种在那里，他知道这就是梅林了。顺了那一条曲径，往北的从斜面上走到山顶的时候，一片同图画似的平地，展开在他的眼前。这园自从山脚上起，跨有朝南的半山斜面，同顶上的一块平地，布置得非常幽雅。

山顶平地的西面是千仞的绝壁，与隔岸的绝壁相对峙，两壁的中间，便是他刚走过的那一条自北趋南的通路。背临着了那绝壁，有一间楼屋，几间平屋造在那里。因为这几间屋，门窗都闭在那里，他所以知道这定是为梅花开日，卖酒食用的。楼屋的前面，有一块草地，草地中间，有几方白石，围成了一个花圈，圈子里，卧着一枝老梅，那草地的南尽头，山顶的平地正要向南斜下去的地方，有一块石碑立在那里，系记这梅林的历史的。他在碑前的草地上坐下之后，就把买来的零食拿出来吃了。

吃了之后，他兀兀的在草地上坐了一会。四面并无人声，远远的树枝上，时有一声两声的鸟鸣声飞来。他仰起头来看看澄清的碧落，同那皎洁的日轮，觉得四面的树枝房屋，小草飞禽，都一样的在和平的太阳光里，受大自然的化育。他那昨天晚上的犯罪的记忆，正同远海的帆影一般，不知消失到那里去了。

这梅林的平地上和斜面上，叉来叉去的曲径很多。他站起来走来走去的走了一会，方晓得斜面上梅树的中间，更有一间平屋造在那里。从这一间房屋往东的走去几步，有眼古井，埋在松叶堆中。他摇摇井上的唧筒看，呷呷的响了几声，却抽不起水来。他心里想：

"这园大约只有梅花开的时候，开放一下，平时总没有人住的。"

到这里他又自言自语的说：

"既然空在这里，我何妨去问园主人去借住借住。"

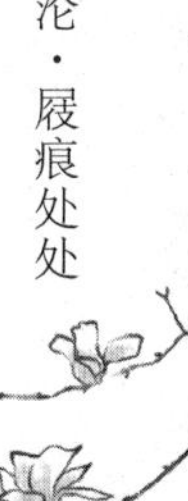

想定了主意，他就跑下山来，打算去寻园主人去。他将走到门口的时候，恰好遇见了一个五十来岁的农夫走进园来。他对那农夫道歉之后，就问他说：

“这园是谁的，你可知道？”

“这园是我经管的。”

“你住在什么地方的？”

“我住在路的那面。”

一边这样的说，一边那农民指着道路西边的一间小屋给他看。他向西一看，果然在西边的高壁尽头的地方，有一间小屋在那里。他点了点头，又问说：

“你可以把园内的那间楼屋租给我住住么？”

“可是可以的，你只一个人么？”

“我只一个人。”

“那你可不必搬来的。”

“这是什么缘故呢？”

“你们学校里的学生，已经有几次搬来过了，大约都因为冷静不过，住不上十天，就搬走的。”

“我可同别人不同，你但能租给我，我是不怕冷静的。”

“这样哪里有不租的道理，你想什么时候搬来？”

“就是今天午后罢。”

“可以的，可以的。”

“请你就替我扫一扫干净，免得搬来之后着忙。”

“可以可以。再会！”

“再会！”

六

搬进了山上梅园之后，他的忧郁症（Hypochondria）又变起形状来了。

他同他的北京的长兄，为了一些儿细事，竟生起龃龉来。他发了一封长长的信，寄到北京，同他的长兄绝了交。

那一封信发出之后，他呆呆的在楼前草地上想了许多时候。他自家想想看，他便是世界上最不幸的人了。其实这一次的决裂，是发始于他的。同室操戈，事更甚于他姓之相争，自此之后，他恨他的长兄竟同蛇蝎一样。他被他人欺侮的时候，每把他长兄拿出来作比：

"自家的弟兄，尚且如此，何况他人呢！"

他每达到这一个结论的时候，必尽把他长兄待他苛刻的事情，细细回想出来。把各种过去的事迹，列举出来之后，就把他长兄判决是一个恶人，他自家是一个善人。他又把自家的好处列举出来，把他所受的苦处，夸大的细数起来。他证明得自家是一个世界上最苦的人的时候，他的眼泪就同瀑布似的流下来。他在那里哭的时候，空中好像有一种柔和的声音在对他说：

"啊呀，哭的是你么？那真是冤屈了你了。象你这样的善人，受世人的那样的虐待，这可真是冤屈了你了。罢了罢了，这也是天命，你别再哭了，怕伤害了你的身体！"

他心里一听到这一种声音，就舒畅起来。他觉得悲苦的中间，也有无穷的甘味在那里。

他因为想复他长兄的仇，所以就把所学的医科丢弃了，

改入文科里去，他的意思，以为医科是他长兄要他改的，仍旧改回文科，就是对他长兄宣战的一种明示。并且他由医科改入文科，在高等学校须迟卒业一年。他心里想，迟卒业一年，就是早死一岁，你若因此迟了一年，就到死可以对你长兄含一种敌意。因为他恐怕一二年之后，他们兄弟两人的感情，仍旧要和好起来；所以这一次的转科，便是帮他永久敌视他长兄的一个手段。

气候渐渐儿的寒冷起来，他搬上山来之后，已经有一个月了。几日来天气阴郁，灰色的层云，天天挂在空中。寒冷的北风吹来的时候，梅林的树叶已将调落起来。

初搬来的时候，他卖了些旧书，买了许多炊饭的器具，自家烧了一个月饭，因为天冷了，他也懒得烧了。他每天的伙食，就一切包给了山脚下的园丁家包办，所以他近来只同退院的闲僧一样，除了怨人骂己之外，更没有别的事情了。

有一天早晨，他侵早的起来，把朝东的窗门开了之后，他看见前面的地平线上有几缕红云，在那里浮荡。东天半角，反照出一种银红的灰色。因为昨天下了一天微雨，所以他看了这清新的旭日，比平日更添了几分欢喜。他走到山的斜面上，从那古井里汲了水，洗了手面之后，觉得满身的气力，一霎时都回复了转来的样子。他便跑上楼去，拿了一本黄仲则的诗集下来，一边高声朗读，一边尽在那梅林的曲径里，跑来跑去的跑圈子。不多一会，太阳起来了。

从他住的山顶向南方看去，眼下看得出一大平原。平原里的稻田，都尚未收割起。金黄的谷色，以绀碧的天空作了背景，反映着一天太阳的晨光，那风景正同看密来（Millet）

的田园清画一般。

他觉得自家好像已经变了几千年前的原始基督教徒的样子，对了这自然的默示，他不觉笑起自家的气量狭小起来。

“赦饶了！赦饶了！你们世人得罪于我的地方，我都饶赦了你们罢，来，你们来，都来同我讲和罢！”

手里拿着了那一本诗集，眼里浮着了两泓清泪，正对了那平原的秋色，呆呆的立在那里想这些事情的时候，他忽听见他的近边，有两人在那里低声的说：

“今晚上你一定要来的哩！”

这分明是男子的声音。

“我是非常想来的，但是恐怕……”

他听了这娇滴滴的女子的声音之后，好像是被电气贯穿了的样子，觉得自家的血液循环都停止了。原来他的身边有一丛长大的苇草生在那里，他立在苇草的右面，那一对男女，大约是在苇草的左面，所以他们两个还不晓得隔着苇草，有人站在那里。那男人又说：

“你心真好，请你今晚来罢，我们到如今还没在被窝里××。”

“……”

他忽然听见两人的嘴唇，灼灼的好像在那里吮吸的样子。他同偷了食的野狗一样，就惊心吊胆的把身子屈倒去听了。

“你去死罢，你去死罢，你怎么会下流到这样的地步！”

他心里虽然如此的在那里痛骂自己，然而他那一双尖着的耳朵，却一言半语也不愿意遗漏，用了全副精神在那里听着。

地上的落叶索息索息的响了一下。

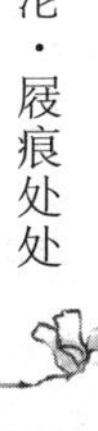

解衣带的声音。

男人嘶嘶的吐了几口气。

舌尖吮吸的声音。

女人半轻半重，断断续续的说：

“你！……你！……你快……快 ×× 罢。……别……别……别被人……被人看见了。”

他的面色，一霎时的变了灰色了。他的眼睛同火也似的红了起来。他的上腭骨同下腭骨呷呷的发起颤来。他再也站不住了。他想跑开去，但是他的两只脚，总不听他的话。他苦闷了一场，听听两人出去了之后，就同落水的猫狗一样，回到楼上房里去，拿出被窝来睡了。

七

他饭也不吃，一直在被窝里睡到午后四点钟的时候才起来。那时候夕阳洒满了远近。平原的彼岸的树林里，有一带苍烟，悠悠扬扬的笼罩在那里。他踉踉跄跄的走下了山，上了那一条自北趋南的大道，穿过了那平原，无头无绪的尽是向南的走去。走尽了平原，他已经到了神宫前的电车停留处了。那时候恰好从南面有一乘电车到来，他不知不觉就跳了上去，既不知道他究竟为什么要乘电车，也不知道这电车是往什么地方去的。

走了十五六分钟，电车停了，开车的教他换车，他就换了一乘车。走了二三十分钟，电车又停了，他听见说是终点了，他就走了下来。他的前面就是筑港了。

前面一片汪洋的大海，横在午后的太阳光里，在那里微笑。超海而南有一发青山，隐隐的浮在透明的空气里，西边是一脉长堤，直驰到海湾的心里去。堤外有一处灯台，同巨人似的，立在那里。几艘空船和几只舢板，轻轻的在系着的地方浮荡。海中近岸的地方，有许多浮标，饱受了斜阳，红红的浮在那里。远处风来，带着几句单调的话声，既听不清楚是什么话，也不知道是从哪里来的。

他在岸边上走来走去走了一会，忽听见那一边传过了一阵击磬的声来。他跑过去一看，原来是为唤渡船而发的。他立了一会，看有一只小火轮从对岸过来了。跟着了一个四五十岁的工人，他也进了那只小火轮去坐下了。

渡到东岸之后，上前走了几步，他看见靠岸有一家大庄子在那里。大门开得很大，庭内的假山花草，布置得楚楚可爱。他不问是非，就踱了进去。走不上几步，他忽听得前面家中有女人的娇声叫他说：

“请进来吓！”

他不觉惊了一下，就呆呆的站住了。他心里想：

“这大约就是卖酒食的人家，但是我听见说，这样的地方，总有妓女在那里的。”

一想到这里，他的精神就抖擞起来，好像是一桶冷水浇上身来的样子。他的面色立时变了。要想进去又不能进去，要想出来又不得出来；可怜他那同兔儿似的小胆，同猿猴似的淫心，竟把他陷到一个大大的难境里去了。

“进来呀！请进来呀！”

里面又娇滴滴的叫了起来，带着笑声。

“可恶东西，你们竟敢欺我胆小么？”

这样的怒了一下，他的面色更同火也似的烧了起来。咬紧了牙齿，把脚在地上轻轻的蹬了一蹬，他就捏了两个拳头，向前进去，好像是对了那几个年轻的侍女宣战的样子。但是他那青一阵红一阵的面色，和他的面上的微微儿在那里震动的筋肉，总隐藏不过。他走到那几个侍女的面前的时候，几乎要同小孩似的哭出来了。

“请上来！”

“请上来！”

他硬了头皮，跟了一个十七八岁的侍女走上楼去，那时候他的精神已经有些镇静下来了。走了几步，经过一条暗暗的夹道的时候，一阵恼人的花粉香气，同日本女人特有的一种肉的香味，和头发上的香油气息合作了一处，哼的扑上他的鼻孔里来。他立刻觉得头晕起来，眼睛里看见了几颗火星，向后边跌也似的退了一步。他再定睛一看，只见他的前面黑暗暗的中间，有一长圆形的女人的粉面，堆着了微笑，在那里问他说：

“你！你还是上靠海的地方去呢？还是怎样？”

他觉得女人口里吐出来的气息，也热和和的哼上他的面来。他不知不觉把这气息深深的吸了一口。他的意识，感觉到他这行为的时候，他的面色又立刻红了起来。他不得已只能含含糊糊的答应她说：

“上靠海的房间里去。”

进了一间靠海的小房间，那侍女便问他要什么菜。他就回答说：

“随便拿几样来罢。”

“酒要不要？”

“要的。”

那侍女出去之后，他就站起来推开了纸窗，从外边放了一阵空气进来。因为房里的空气，沉浊得很，他刚才在夹道中闻过的那一阵女人的香味，还剩在那里，他实在是被这一阵气味压迫不过了。

一湾大海，静静的浮在他的面前。外边好像是起了微风的样子，一片一片的海浪，受了阳光的返照，同金鱼的鱼鳞似的，在那里微动。他立在窗前看了一会，低声的吟了一句诗出来：

“夕阳红上海边楼。”

他向西一望，见太阳离西南的地平线只有一丈多高了。呆呆的看了一会，他的心思怎么也离不开刚才的那个侍女。她的口里的头上的面上的和身体上的那一种香味，怎么也不容他的心思去想别的东西。他才知道他想吟诗的心是假的，想女人的肉体的心是真的了。

停了一会，那侍女把酒菜搬了进来，跪坐在他的面前，亲亲热热的替他上酒。他心里想仔仔细细的看她一看，把他的心里的苦闷都告诉了她，然而他的眼睛怎么也不敢平视她一眼，他的舌根怎么也不能摇动一摇动。他不过同哑子一样，偷看着她那搁在膝上的一双纤嫩的白手，同衣缝里露出来的一条粉红的围裙角。

原来日本的妇人都不穿裤子，身上贴肉只围着一条短短的围裙。外边就是一件长袖的衣服，衣服上也没有钮扣，腰

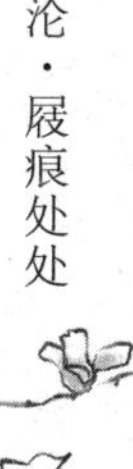

里只缚着一条一尺多宽的带子，后面结着一个方结。她们走路的时候，前面的衣服每一步一步的掀开来，所以红色的围裙，同肥白的腿肉，每能偷看。这是日本女子特别的美处；他在路上遇见女子的时候，注意的就是这些地方。他切齿的痛骂自己，畜生！狗贼！卑怯的人！也便是这个时候。

他看了那侍女的围裙角，心头便乱跳起来。愈想同她说话，但愈觉得讲不出话来。大约那侍女是看得不耐烦起来了，便轻轻的问他说：

“你府上是什么地方？”

一听了这一句话，他那清瘦苍白的面上，又起了一层红色；含含糊糊的回答了一声，他呐呐的总说不出清晰的回话来。可怜他又站在断头台上了。

原来日本人轻视中国人，同我们轻视猪狗一样。日本人都叫中国人作“支那人”，这“支那人”三字，在日本，比我们骂人的“贱贼”还更难听，如今在一个如花的少女前头，他不得不自认说“我是支那人”了。

“中国呀中国，你怎么不强大起来！”

他全身发起抖来，他的眼泪又快滚下来了。

那侍女看他发颤发得厉害，就想让他一个人在那里喝酒，好教他把精神安静安静，所以对他说：

“酒就快没有了，我再去拿一瓶来罢。”

停了一会，他听得那侍女的脚步声又走上楼来。他以为她是上他这里来的，所以就把衣服整了一整，姿势改了一改。但是他被她欺骗了。她原来是领了两三个另外的客人，上间壁的那一间房间里去的。那两三个客人都在那里对那侍女取笑，那侍女也娇滴滴的说：

"别胡闹了，间壁还有客人在那里。"

他听了就立刻发起怒来。他心里骂他们说：

"狗才！俗物！你们都敢来欺侮我么？复仇复仇，我总要复你们的仇。世间哪里有真心的女子！那侍女的负心东西，你竟敢把我丢了么？罢了罢了，我再也不爱女人了，我再也不爱女人了。我就爱我的祖国，我就把我的祖国当作了情人吧。"

他马上就想跑回去发愤用功。但是他的心里，却很羡慕那间壁的几个俗物。他的心里，还有一处地方在那里盼望那个侍女再回到他这里来。

他按住了怒，默默的喝干了几杯酒，觉得身上热起来。打开了窗门，他看太阳就快要下山去了。又连饮了几杯，他觉得他面前的海景都朦胧起来。西面堤外的灯台的黑影，长大了许多。一层茫茫的薄雾，把海天融混作了一处。在这一层浑沌不明的薄纱影里，西方那将落不落的太阳，好像在那里惜别的样子。他看了一会，不知道是什么缘故，只觉得好笑。呵呵的笑了一回，他用手擦擦自家那火热的双颊，便自言自语的说：

"醉了醉了！"

那侍女果然进来了。见他红了脸，立在窗口在那里痴笑，便问他说：

"窗开了这样大，你不冷的么？"

"不冷不冷，这样好的落照，谁舍得不看呢？"

"你真是一个诗人呀！酒拿来了。"

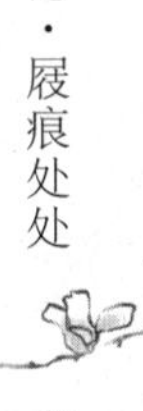

“诗人！我本来是一个诗人。你去把纸笔拿了来，我马上写首诗给你看看。”

那侍女出去了之后，他自家觉得奇怪起来。他心里想：

“我怎么会变了这样大胆的？”

痛饮了几杯新拿来的热酒，他更觉得快活起来，又禁不得呵呵笑了一阵。他听见间壁房间里的那几个俗物，高声的唱起日本歌来，他也放大了嗓子唱着说：

醉拍栏杆酒意寒，江湖牢落又冬残。

剧怜鹦鹉中州骨，未拜长沙太傅官。

一饭千金图报易，五噫几辈出关难。

茫茫烟水回头望，也为神州泪暗弹。

高声的念了几遍，他就在席上醉倒了。

八

一醉醒来，他看见自家睡在一条红绸的被里，被上有一种奇怪的香气。这一间房间也不很大，但已不是白天的那一间房间了。房中挂着一盏十烛光的电灯，枕头边上摆着了一壶茶，两只杯子。他倒了二三杯茶，喝了之后，就踉踉跄跄的走到房外去。他开了门，恰好白天的那侍女也跑过来了。她问他说：

“你！你醒了么？”

他点了一点头，笑微微的回答说：

“醒了。厕所是在什么地方的？”

“我领你去罢。”

他就跟了她去。他走过日间的那条夹道的时间，电灯点得明亮得很。远近有许多歌唱的声音，三弦的声音，大笑的声音，传到他耳朵里来。白天的情节，他都想了出来。一想到酒醉之后，他对那侍女说的那些话的时候，他觉得面上又发起烧来。

从厕所回到房里之后，他问那侍女说：

“这被是你的么？”

侍女笑着说：

“是的。”

“现在是什么时候了？”

“大约是八点四五十分的样子。”

“你去开了账来罢！”

“是。”

他付清了账，又拿了一张纸币给那侍女，他的手不觉微颤起来。那侍女说：

“我是不要的。”

他知道她是嫌少了。他的面色又涨红了，袋里摸来摸去，只有一张纸币了，他就拿了出来给她说：

“你别嫌少了，请你收了罢。”

他的手震动得更加厉害，他的话声也颤动起来了。那侍女对他看了一眼，就低声的说：

“谢谢！”

他一直的跑下了楼，套上了皮鞋，就走到外面来。

外面冷得非常，这一天，大约是旧历的初八九的样子。半轮寒月，高挂在天空的左半边。淡青的圆形天盖里，也有

几点疏星，散在那里。

他在海边上走了一回，看看远岸的渔灯，同鬼火似的在那里招引他。细浪中间，映着了银色的月光，好像是山鬼的眼波，在那里开闭的样子。不知是什么道理，他忽想跳入海里去死了。

他摸摸身边看，乘电车的钱也没有了。想想白天的事情看，他又不得不痛骂自己。

“我怎么会走上那样的地方去的？我已经变了一个最下等的人了。悔也无及，悔也无及。我就在这里死了罢。我所求的爱情，大约是求不到的了。没有爱情的生涯，岂不同死灰一样么？唉，这干燥的生涯，这干燥的生涯，世上的人又都在那里仇视我，欺侮我，连我自家的亲弟兄，自家的手足，都在那里排挤我到这世界外去。我将何以为生，我又何必生存在这多苦的世界里呢！”

想到这里，他的眼泪就连连续续的滴了下来。他那灰白的面色，竟同死人没有分别了。他也不举起手来揩揩眼泪，月光射到他的面上，两条泪线，倒变了叶上的朝露一样放起光来。他回转头来，看看他自家的又瘦又长的影子，不觉心痛起来。

“可怜你这清影，跟了我二十一年，如今这大海就是你的葬身地了，我的身子，虽然被人家欺辱，我可不该累你也瘦弱到这步田地的。影子呀影子，你饶了我罢！”

他向西面一看，那灯台的光，一霎变了红一霎变了绿的在那里尽它的本职。那绿的光射到海面上的时候，海面就现出一条淡青的路来。再向西天一看，他只见西方青苍苍的天底下，有一颗明星，在那里摇动。

“那一颗摇摇不定的明星的底下，就是我的故国。也就是我的生地。我在那一颗星的底下，也曾送过十八个秋冬，我的乡土呵，我如今再也不能见你的面了。”

他一边走着，一边尽在那里自伤自悼的想这些伤心的哀话。走了一会，再向那西方的明星看了一眼，他的眼泪便同骤雨似的落下来了。他觉得四边的景物，都模糊起来。把眼泪揩了一下，立住了脚，长叹了一声，他便断断续续的说：

“祖国呀祖国！我的死是你害我的！

“你快富起来！强起来吧！

“你还有许多儿女在那里受苦呢！”

一九二一年五月九日改作

南迁

一、南方

你若把日本的地图展开来一看，东京湾的东南，能看得见一条葫芦形的半岛，浮在浩渺无边的太平洋里。这便是有名的安房半岛！

安房半岛，虽然没有地中海内的长靴岛的风光明媚，然而成层的海浪，蔚蓝的天色，柔和的空气，平软的低峦，海岸的渔网，和村落的居民，也很具有南欧海岸的性质，能使旅客忘记他是身在异乡。若用英文来说，便是一个Hospitable，inviting dream，land of the romantic age.（中世浪漫时代的，乡风纯朴，山水秀丽的梦境）了。

东南的斜面沿着了太平洋，从铫子到大原，成一半月弯，正可当作葫芦的下面的狭处看。铫子是葫芦下层的最大的圆周上的一点，大原是葫芦的第二层膨胀处的圆周上的一点。葫芦的顶点一直的向西曲了。就成了一个大半岛里边的小半岛，地名西岬村。西岬村的顶点便是洲崎，朝西的横界在太平洋和东京湾的中间，洲崎以东是太平洋，洲崎以北是东京湾。洲崎遥遥与伊豆半岛、相摸湾相对；安房半岛的住民每以它为界线，称洲崎以东沿着太平洋一带为外房，洲崎以北沿着东京湾的一带为内房。原来的半岛住民通称半岛为房州，所以内房外房，便是内房洲外房洲的缩写。房州半岛的葫芦形的底面，连着东京，所以现在火车，从东京两国桥驿出发，内房能直达到馆山，外房能达到胜浦。

二、出京

一千九百二十年的春天，二月初旬的有一天的午后，东京上野精养轩的楼上朝公园的小客室里，有两个异乡人在那里吃茶果。一个是五十岁上下的西洋人，头顶已有一块秃了。皮肤带着浅黄的黑色，高高的鹰嘴鼻的左右，深深洼在肉里的两只眼睛，放出一种钝韧的光来。瞳神的黄黑色，大约就是他的血统的证明，他那五尺五寸的肉体中间，或者也许有姊泊西（Gypsy）的血液混在里头，或者也许有东方人的血液混在里头的，但是生他的母亲，可确是一位爱尔兰的美妇人。他穿的是一套半旧的灰黑色的哔叽的洋服，戴着一条圆领，圆领底下就连接着一件黑的小紧身，大约是代 Waist，Coat（腰褂）的。一个是二十四五岁的青年，身体也有五尺五寸多高，我们一见就能知道他是中国人，因为他那清瘦的面貌，和纤长的身体，是在日本人中间寻不出来的。他穿着一套藤青色的哔叽的大学制服，头发约有一寸多深，因为蓬蓬直立在他那短短的脸面的上头，所以反映出一层忧郁的形容在他

面上。他和那西洋人对坐在一张小小的桌上，他的左手，和那西洋人的右手是靠着朝公园的玻璃窗的。他们讲的是英国话，声气很幽，有一种梅兰刻烈（Melancholy）的余韵，与窗外的午后的阳光，和头上的万里的春空，却成了一个有趣的对照。若把他们的择要翻译出来，就是：

“你的脸色，近来更难看了；我劝你去转换转换空气，到乡下去静养几个礼拜。”西洋人。

“脸色不好么？转地疗养，也是很好的，但是一则因为我懒得行动，二则一个人到乡下去也寂寞得很，所以虽然寒冷得非常，我也不想到东京以外的地方去。”青年。

说到这里，窗外吹过一阵夹沙夹石的风来，玻璃窗振动了一下，响了一下，风就过去了。

“房州你去过没有？”西洋人。

“我没有去过。”青年。

“那一个地方才好呢！是突出在太平洋里的一个半岛，受了太平洋的暖流，外房的空气是非常和暖的，同东京大约要差十度的温度，这个时候，你若到太平洋岸去一看，怕还有些女人，赤裸裸的跳在海里捉鱼呢！一带山村水郭，风景又是很好的，你不是很喜欢我们英国的田园风景的么？你上房州去就对了。”

“你去过了么？”

“我是常去的，我有一个女朋友住在房州，她也是英国人，她的男人死了，只一个人住在海边上。她的房子宽大得很，造在沙岸树林的中间；她又是一个热心的基督教徒，你若要去，我可以替你介绍的，她非常欢喜中国人，因为她和她的男人从前也在中国做过医生的。”

“那么就请你介绍介绍，出去游行一次，或者我的生活的行程，能改变得过来也未可知。”

另外还有许多闲话，也不必去提及。

到了四点的时候，窗外的钟声响了。青年按了电铃，叫侍者进来，拿了一张五元的纸币给他。青年站起来要走的时候看看那西洋人还兀的不动，青年便催说：“我们去罢！”

那西洋人便张圆了眼睛问他说：

“找头呢？”

“多的也没有几个钱，就给了他们茶房罢了。”

“茶房总不至要五块钱的。你把找头拿来捐在教会的传道捐里多好啊！”

“罢了，罢了，多的也不过一块多钱。”

那西洋人还不肯走，青年就一个人走出房门来，西洋人一边还在那里轻轻的絮说，看见青年走了，也只能跟了走出房门，下楼，上大门口去。在大门口取了外套，帽子，走出门外的时候，残冬的日影，已经落在西天的地平线上，满城的房屋，都沉在薄暮的光线里了。

夜阴一刻一刻的张起她的翼膀来，那西洋人和青年在公园的大佛前面，缓步了一忽，远近的人家都点上电灯了。从上野公园的高台上向四面望去，只见同纱囊里的萤火虫一样，高下人家的灯火，都在晚烟里放异彩。远远的风来，带着市井的嘈杂的声音。电车的车轮声传近他们两人耳边的时候，他们才知道现在是回家去的时候了。急急地走了一下，他们已经走到了公园前的大街上的电车停车处，却好向西的有一

乘电车到来，他们两人就用了死力，挤了上去，因为这是工场休工的时候，劳动者大家都要乘了电车，回到他们的小小的住屋里去，所以车上人挤得不堪。

青年被挤在电车的后面，几乎吐气都吐不出来。电车开车的时候，上野的报时的钟声又响了。听了这如怨如诉的薄暮的钟声，他的心思又忽然消沉起来：

“这些可怜的有血肉的机械，他们家里或许也有妻子的。他们的衣不暖食不饱的小孩子有什么罪恶，一生出地上，就不得不同他们的父母，受这世界上的折磨！或者在猪圈似的贫民窟的门口，有同饿鬼似的小孩儿，在那里等候他们的父亲回来。这些同饿犬似的小孩儿，长到八九岁的时候，就不得不去作小机械去。渐渐长大了，成了一个工人，他们又不得不同他们的父祖曾祖一样，将自家的血液，去补充铁木的机械的不足去。吃尽了千辛万苦，从幼到长，从生到死，他们的生活没有半点变更。唉，这人生究竟有什么趣味，劳动者吓劳动者，你们何苦要生存在世上？这多是有权势的人的坏处，可恶的这有权势的人，可恶的这有权势的阶级，总要使他们斩草除根的消灭尽了才好。”

他想到这里，就自家嘲笑起自家来：

“呵呵，你也被日本人的社会主义感染了。你要救日本的劳动者，你何不先去救救你自家的同胞呢？在军人和官僚的政治的底下，你的同胞所受的苦楚，难道比日本的劳动者更轻么？日本的劳动者，虽然没有财产，然而他们的生命总是安全的。你的同胞，乡下的农夫，若因纳捐输粟的事情，有一点违背，就不得不被军人来虐杀了。从前做大盗，现在做军官的人，进京出京的时候，若说乡下人不知道，在他们的专车停着的地方走过，就不得不被长枪短刀来斫死了。大盗的军阀的什么武装自动车，在街上冲死了百姓，还说百姓不好，对了死人的家族，还要他们陪罪罚钱。你同胞的妻女，若有美的，就不得不被军人来奸辱了。日本的劳动者到了日暮回家的时候，也许有他的妻女来安慰他的，那时候他的一天的苦楚，便能忘在脑后，但是你的同胞如何？不问是不是你的结发妻小，若那些军长师长委员长县长等类要她去作一房第八、九的小妾，你能拒绝么？有诉讼事件的时候，你若送裁判官的钱，送了比你的对争者少一点，或是在上级衙门里没有一个亲戚朋友，虽然受了冤屈，你难道能分诉得明白么？……”

想到这里的时候，青年的眼睛里，就酸软起来。他若不是被挤在这一群劳动者的中间，怕他的感情就要发起作用来，恰好车到了本乡三丁目，他就推推让让的跟了几个劳动者下了电车。立在电车外边的日暮的大道上，寻来寻去的寻了一会，他才看见那西洋人的秃头，背朝着了他，坐在电车中间的椅上。他走到电车的中央的地方，垫起了脚，从外面向电车的玻璃窗推了几下，那秃头的西洋人才回转头来，看见他立在车外的凉风里，那西洋人就从电车里面放下车窗来说：

“你到了么？今天可是对你不起。多谢多谢。身体要保养些。我……”

“再会再会，我已经到了。介绍信请你不要忘记了。……”

话没有说完，电车已经开了。

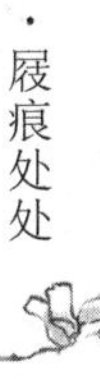

三、浮萍

二月二十三日的午后二点半钟，房州半岛的北条火车站上的第四次自东京来的火车到了。这小小的乡下的火车站上，忽然热闹了一阵。客人也不多，七零八落的几个乘客，在收票的地方出去之后，火车站上仍复冷清起来。火车站的前面停着的一乘合乘的马车，接了几个下车的客人，留了几声哀寂的喇叭声在午后的澄明的空气里，促起了一阵灰土，就在泥成的乡下的天然的大路上，朝着太阳向西的地方开出去了。

留在火车站上呆呆的站着的只剩了一位清瘦的青年，便是三礼拜前和一个西洋宣教师在东京上野精养轩吃茶果的那一位大学生。他是伊尹的后裔，你们若把东京帝国大学的一览翻出来一看，在文科大学的学生名录里，头一个就能见他的名姓籍贯：

伊人，中华留学生，大正八年人学。

伊人自从十八岁到日本之后一直到去年夏天止，从没有回国去过。他的家庭里只有他的祖母是爱他的。伊人的母亲，因为他的父亲死得太早，所以竟变成了一个半男半女的性格，他自小的时候她就不知爱他，所以他渐渐的变成了一个厌世忧郁的人。到了日本之后，他的性格竟愈趋愈怪了，一年四季，绝不与人往来，只一个人默默的坐在寓室里沉思默想。他所读的都是那些在人生的战场上战败了的人的书，所以他所最敬爱的就是略名 B.V. 的 James Thomson，H.Heine，，Leopardi，Ernst Dowson 那些人。他下了火车，向行李房去取来的一只帆布包，里边藏着的，大约也就是这几位先生的诗文集和传记等类。他因为去年夏天被一个日本妇人欺骗了一场，所以精神身体，都变得同落水鸡一样。晚上梦醒的时候，身上每发冷汗，食欲不进，近来竟有一天不吃什么东西的时候。因为怕同去年那一个妇人遇见，他连午膳夜膳后的散步也不去了。他身体一天一天的瘦弱下去，他的面貌也一天一天的变起颜色来了。到房州的路程是在平坦的田畴中间，辟了一条小小的铁路，铁路的两旁，不是一边海一边山，便是一边枯树一边荒地。在红尘软舞的东京，失望伤心到极点的神经过敏的青年的最初的感觉，自然是觉得轻快得非常。伊人下车之后看了四边的松树的丛林，有几缕薄云飞着的青天，宽广的空地里浮荡着的阳光和车站前面的店里清清冷冷坐在账桌前的几个纯朴的商人，就觉得是自家已经到了十八世纪的乡下的样子。亚力山大·斯密司著的《村落的文章》里的 Dreamthorp（By Alexander Smith）好像是被移到了这东海的小岛上的东南角上来了。

伊人取了行李，问了一声说：

“这里有一位西洋的妇女，你们知道不知道的？”

行李房里的人都说：

“是 C 夫人么，这近边谁都知道她的，你但对车夫讲她的名字就对了。”

伊人抱了他的一个帆布包坐在人力车上，在枯树的影里，摇摇不定的走上 C 夫人的家里去的时候，他心里又生了一种疑惑：

“C 夫人不晓得究竟是怎样的一个人，她不知道是不是同

E 某一样，也是非常节省鄙吝的。”

可怜他自小就受了社会的虐待，到了今日，还不敢信这尘世里有一个善人。所以他与人相遇的时候，总不忘记警戒，因为他被世人欺得太甚了。在一条有田园野趣的村路上弯弯曲曲的跑了三十分钟，树林里露出了一个木造的西洋馆的屋顶来。车夫指着了那一角屋顶说：

“这就是 C 夫人的住屋！”

车到了这洋房的近边，伊人看见有一圈小小的灌木沿了那洋房的庭园，生在那里，上面剪得虽然不齐，但是这一道灌木的围墙，比铁栅瓦墙究竟风雅，他小的时候在洋画里看见过的那阿凤河上的斯曲拉突的莎士比亚的古宅，又重新想了出来。开了那由几根木棒做的一道玲珑的小门进去，便是住宅的周围的庭园，园中有几处常青草，也变了颜色，躺在午后的微弱的太阳光里。小门的右边便是一眼古井，两只吊桶，一高一低的悬在井上的木架上。从门口一直向前沿了石砌的路进去，再进一道短小的竹篱，就是 C 夫人的住房，伊人因为不便直接的到 C 夫人的住房里，所以就吩咐车夫拿了一封 E 某的介绍书往厨房门去投去。厨房门须由石砌的正路又往右去几步，人若立在灌木围住的门口，也可以看见这厨房门的。庭园中，井架上，红色的木板的洋房壁上都洒满了一层白色无力的午后的太阳光线，四边空空寂寂，并无一个生物看见，只有几只半大的雌雄鸡，呆呆的立在井旁，在那里惊看伊人和他的车夫。

车夫在厨房门口叫了许久，不见有人出来。伊人立在庭园外的木栅门口，听车夫的呼唤声反响在寂静的空气里，觉得声大得很。约略等了五分钟的样子，伊人听见背后忽然有脚步响，回转头来一看，看见一个五十来岁的日本老妇人，蓬着了头红着了眼走上伊人这边来。她见了伊人便行了一个礼，并且说：

“你是东京来的伊先生么？我们东家天天在这里盼望你来呢！请你等一等，我就去请东家出来。”

这样的说了几句，她就慢慢的捱过了伊人的身前，跑上厨房门口去了。在厨房门口站着的车夫把伊人带来的介绍信交给了她。她就跑进去了。不多一忽，她就同一个五十五六的西洋妇人从竹篱那面出来，伊人抢上去与那西洋妇人握手之后，她就请伊人到她的住房内去，一边却吩咐那日本女人说：

“把伊先生的行李搬上楼上的外边的室里去！”

她一边与伊人说话，一边在那里预备红茶。谈了三十分钟，红茶也吃完了，伊人就到楼上的一间小房里去整理行李去。把行李整理了一半，那日本妇人上楼来对伊人说：

“伊先生！现在是祈祷的时候了！请先生下来到祈祷室里来吧。”

伊人下来到祈祷室里，见有两个日本的男学生和三个女学生已经先在那里了。夫人替伊人介绍过之后对伊人说：

“我们每天从午后三点到四点必聚在一处唱诗祈祷的。祈祷的时候就打那一个钟作记号（说着她就用手向檐下指了一指）。今天因为我到外面去了不在家，所以迟了两个钟头，因此就没有打钟。”

伊人向四围看了一眼，见第一个男学生头发长得很，同

狮子一样的披在额上，带着一双极近的钢丝眼镜，嘴唇上的一圈胡须长得很黑，大约已经有二十六七岁的样子。第二个男学生是一个二十岁前后的青年，也戴一双平光的银丝眼镜，一张圆形的粗黑脸，嘴唇向上的。两个人都是穿的日本的青花便服，所以一见就晓得他们是学生。女学生伊人不便观察，所以只对了一个坐在他对面的年纪十六七岁的人，看了几眼，依他的一瞬间的观察看来，这一个十六七岁的女学生要算是最好的了，因为三人都是平常的相貌，依理而论，却彀不上水平线。只有这一个女学生的长方面上有一双笑靥，所以她笑的时候，却有许多可爱的地方。读了一节《圣经》，唱了两首诗，祈祷了一回，会就散了。伊人问那两个男学生说：

"你们住在近边么？"

那长发的近视眼的人，恭恭敬敬的抢着回答说：

"是的，我们就住在这后面的。"

那年轻的学生对伊人笑着说：

"你的日本话讲得好得很，起初我们以为你只能讲英国话，不能讲日本话的。"

C夫人接着说：

"伊先生的英国话却比日本话讲得好，但是他的日本话要比我的日本话好得多呢！"

伊人红了脸说：

"C夫人！你未免过誉了。这几位女朋友是住在什么地方的？"

C夫人说：

“她们都住在前面的小屋里，也是同你一样来养病的。”

这样的说着，C 夫人又对那几个女学生说：

“伊先生的学问是非常有根底的，礼拜天我们要请他说教给我们听哩！”

再会再会的声音，从各人的口中说了出来。来会的人都散去了。夜色已同死神一样，不声不响地把屋中的空间占领了。伊人别了 C 夫人仍回到他楼上的房里来，在灰暗的日暮的光里，整理了一下，电灯来了。

六点四十分的时候，那日本妇人来请伊人吃夜饭去，吃了夜饭，谈了三十分钟，伊人就上楼去睡了。

四、亲和力

第二天早晨，伊人被窗外的鸟雀声唤醒，起来的时候，鲜红的日光已射满了沙岸上的树林，他开了朝南的窗，看看四围的空地丛林，都披了一层健全的阳光，横躺在无穷的苍空底下。他远远的看见北条车站上，有一乘机关车在那里喷烟，机关车的后面，连接着几辆客车货车，他知道上东京去的第一次车快开了。太阳光被车烟在半空中遮住，他看见车烟带着一层红黑的灰色，车站的马口铁的屋顶上，横斜的映出一层黑影来。从车站起，两条小小的轨道渐渐的阔大起来在他的眼下不远的地方通过，他觉得磨光的铁轨上，隐隐地反映着同蓝色的天鹅绒一样的天空。他看看四边，觉得广大的天空，远近的人家，树林，空地，铁道，村路都饱受了日光，含着了生气，好像在那里微笑的样子，他就深深地吸了

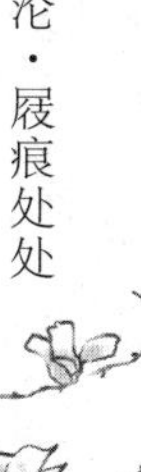

一口清新的空气，觉得自家的脏腑里也有些生气回转起来，含了微笑，他轻轻的对自家说：

“春到人间了，啊，Fruehling ist gekommen！”

呆呆的站了好久，他才拿了牙刷牙粉肥皂手巾走下楼来到厨下去洗面去。那红眼的日本妇人见了他，就大声地说：

“你昨天晚上睡得好不好？我们的东家出去传道去了，九点半钟的圣经班她是定能回来的。”

洗完了面，回到楼上坐了一忽，那日本妇人就送了一杯红茶和两块面包和白糖来。伊人吃完之后，看看C夫人还没有回来，就跑出去散步去。从那一道木棒编成的小门里出去，沿了昨天来的那条村路向东的走了几步，他看见一家草舍的回廊上，有两个青年在那里向太阳，发议论，他看看好像是昨天见过的两个学生，所以就走了进去，两个青年见他进来，就恭恭敬敬的拿出垫子来，叫他坐了。那近视长发的青年，因为太恭敬过度了，反要使人发起笑来。伊人坐定之后，那长发的近视眼就含了微笑，对他呆了一呆，嘴唇动了几动，伊人知道他想说话了，所以就对他说：

“你说今天的天气好不好！”

“Es,es.beri gud.beri good.and how longu hab you been in Japan？”

（“是，是，好得很，好得很，你住在日本多久了？”）

那一位近视眼，突然说出了几句日本式的英国话来。伊人看看他那忽尖忽圆的嘴唇的变化，听听他那舌根底下好像含一块石子的发音，就想笑出来，但是因为是初次见面，又不便放声高笑，所以只得笑了一笑，回答他说：

"About eight years，quite a long term，isn't it？"

（"差不多八年了，已经长得很呢，是不是？"）

还有那一位二十岁前后的青年看了那近视眼说英文的样子，就笑了起来，一边却直直爽爽的对他说：

"不说了罢，你那不通的英文，还不如不说的好，哈哈"

那近视眼听了伊人的回话，又说：

"Do you understand my Ingulish？"

（"你懂得我讲的英文么？"）

"Yes，of course I do，but…"

（"那当然是懂的，但是……"）

伊人还没有说完，他又抢着说：

"Alright，alright，leto us speaku Ingulish heea afiar."

（"很好很好，以后我们就讲英文罢。"）

那年轻的青年说：

"伊先生，你别再和他歪缠了，我们向海边上去走走罢。"

伊人就赞成了，那年轻的青年便从回廊上跳了下来，同小丑一样的故意把衣服整了一整，把身体向左右前后摇了一摇，对了那近视眼恭恭敬敬的行了一礼，说：

"Gudo-bye！ Mista K.，gudo-bye！"

伊人忍不住的笑了起来，那近视眼的K也说：

"Gudo-bye，Mista B.，gudo-bye Mista Yi."

走过了那草舍的院子，踏了松树的长影，出去二三步就是沙滩了。清静的海岸上并无人影，洒满了和煦的阳光。海水反射着太阳光线，好像在那里微笑的样子。沙上有几行行

人的足迹，印在那里。远远的向东望去，有几处村落，有几间渔舍浮在空中，一层透明清洁的空气，包在那些树林屋脊的上面。西边湾里有一处小市，浮在海上，市内的人家，错错落落的排列在那里，人家的背后，有一带小山，小山的背后，便是无穷的碧落。市外的湾口有几艘帆船停泊着，那几艘船的帆樯，却能形容出一种港市的感觉来。年轻的 B 说：

“那就是馆山，你看湾外不是有两个小岛同青螺一样的浮在那里么？一个是鹰岛，一个是冲岛。”

伊人向 B 所说的方向一看，在薄薄的海气里，果然有两个小岛浮在那里。伊人看那小岛的时候，忽然注意到小岛的背景的天空里去，他从地平线上一点一点的抬头起来，看看天空，觉得蓝苍色的天体，好像要溶化了的样子，他就不知不觉的说：

“唉，这碧海青天！”

B 也仰起头来看天，一边对伊人说：

“伊先生！看了这青淡的天空，你们还以为有一位上帝，在这天空里坐着的么？若说上帝在那里坐着，怕在这样晴朗的时候，要跌下地来呢！”

伊人回答说：

“怎么不跌下来？你不曾看过弗兰斯著的 Thais（泰衣斯）么？那绝食断欲的圣者，就是为了泰衣斯的肉体的缘故，从天上跌下来的呀。”

“不错不错，那一位近视眼的神经病先生，也是很妙的。他说他要去进神学校去，每天到了半夜三更就放大了嗓子，叫起上帝来。

"'主呀，唉，主呀，神呀，耶稣呀！'

"象这样的乱叫起来，到了第二天，去问他昨夜怎么了？他却一声不响，把手摇几摇，嘴歪几歪。再过一天去问他，他就说：

'昨天我是一天不言语的，因为这也是一种修行。一礼拜之内我有两天是断言的，不讲话的，无论如何，在这两天之内，总不开嘴的。'

"有的时候他赤足赤身的跑上雨天里去立在那里，我叫他，他默默地不应，到了晚上他却喀喀的咳嗽起来，你看这样寒冷的天气，赤了身到雨天里去，哪有不伤风的道理？到了第二天，我问他究竟为什么要上雨天里去，他说这也是一种修行。有一天晚上因为他叫'主呀！神呀！'叫得太厉害了，我在梦里头被他叫醒，在被里听听，我也害怕起来，以为有强盗来了，所以我就起来，披了衣服，上他那一间房里去看他，从房门的缝里一瞧，我就不得不笑起来，你猜怎么着，他老先生把衣服脱了精光，把头顶倒在地下，两只脚靠了墙壁跷在上面，闭了眼睛，作了一副苦闷难受的脸色，尽在那里瞎叫：

"'主呀，神呀，天呀，上帝呀！

"第二天我去问，他却一句话也不答，我知道这又是他的断绝言语的日子，所以就不去问他了。"

B形容近视眼K的时候，同戏院的小丑一样，做脚做手的做得非常出神，伊人听一句笑一阵，笑得不了。到后来伊人问B说：

"K何苦要这样呢！"

“他说他因为要预备进神学校去，但是依我看来，他还是去进疯狂病院的好。”

伊人又笑了起来。他们两人的健全的笑声，反响在寂静的海岸的空气里，更觉得这一天的天气的清新可爱了。他们两个人的影子，和两双皮鞋的足迹在海边的软沙上印来印去的走了一回，忽听见晴空里传了一阵清朗的钟声过来，他们知道圣经的时候到了，所以就走上C夫人的家里去。

到C夫人家里的时候，那近视眼的K，和三个女学生已经围住了C夫人坐在那里了。K见了伊人和B来的时候，就跳起来放大了嗓子用了英文叫着说：

“Hullo，where hab you been？”

（“喂！你们上哪儿去了？”）

三个女学生和C夫人都笑了起来。昨天伊人注意观察过的那个女学生的一排白白的牙齿，和她那面上的一双笑靥，愈加使她可爱了。伊人一边笑着，一边在那里偷看她。各人坐下来，伊人又占了昨天的那位置，和那女学生对面地坐着。唱了一首赞美诗，各人就轮读起《圣经》来。轮到那女学生读的时候，伊人便注意看她那小嘴，她脸上自然而然的起了一层红潮。她读完之后，伊人还呆呆的在那里看她嘴上的曲线，她抬起头来的时候，她的视线同伊人的视线冲混了。她立时涨红了脸，把头低了下去。伊人也觉得难堪，就把视线集注到他手里的《圣经》上去。这些微妙的感情流露的地方，在座的人恐怕一个人也没有知道。圣经班完了，各人都要散回家去，近视眼的K，又用了英文对伊人说：

“Mista Yi，leto us take a walk.”

（“伊先生，我们去散步罢。”）

伊人还没有回答之先，他又对那坐在伊人对面的女学生说：

“Miss O.，You will join us，wouldn’t you？”

（O 女士，你也同我们去吧。）

那女学生原来姓 O，她听了这话，就立时红了脸，穿了鞋，跑回去了。

C 夫人对伊人说：

“今天天气好得很，你向海边上去散散步也很好的。”

K 听了这话，就叫起来说：

“Es，es.alright alright”

（“不错不错，是的是的。”）

伊人不好推却，只得同 K 和 B 三人同向海边上去。走了一回，伊人便说走乏了要回家来。K 拉住了他说：

“Let us pray！”

（“让我们来祷告吧。”）

说着 K 就跪了下去，伊人被他惊了一跳，不得已也只能把双膝曲了。B 却一动也不动地站在那里看。K 又叫了许多主呀神呀上帝呀。叫了一忽，站起来说：

“Good-bye Good-bye！”

（“再会再会。”）

一边说，一边就回转身来大踏步的走开了。伊人摸不出头绪来，一边用手打着膝上的沙泥，一边对 B 说：

“是怎么一回事，他难道发怒了么？”

B 说：

“什么发怒，这便是他的神经病呀！”

说着，B又学了K的样子，跪下地去，上帝呀，主呀，神呀的叫了起来。伊人又禁不住的笑了。远远地忽有唱赞美诗的声音传到他们的耳边上来。B说：

“你瞧什么发怒不发怒，这就是他唱的赞美诗呀。”

伊人问B是不是基督教徒。B说：

“我并不是基督教徒，因为K定要我去听圣经，所以我才去。其实我也想信一种宗教，因为我的为人太轻薄了，所以想得一种信仰，可以自重自重。”

伊人和他说了些宗教上的话，又各把自己的学籍说了。原来B是东京高等商业学校的学生，去年年底染了流行性感冒，到房州来是为病后的保养来的。说到后来，伊人问他说：

“B君，我住在C夫人家里，觉得不自由得很，你那里的主人，还肯把空着的那一间房借给我么？”

“肯的肯的，我回去就同主人去说去，你今天午后就搬过来吧。那一位C夫人是有名的吝啬家，你若在她那里住久了，怕要招怪呢！”

又在海边上走了一回，他们看看自家的影子渐渐儿的短起来了，快到十二点的时候，伊人就别了B，回到C夫人的家里来。

吃午膳的时候，伊人对C夫人把要搬往后面和K、B同住去的话说了。C夫人也并不挽留，吃完了午膳，伊人就搬往后面的别室里去了。

把行李书籍整顿了一整顿，看看时候已经不早了，伊人便一个人到海边上去散步去。一片汪洋的碧海，竟平坦得同镜面一样。日光打斜了，光线射在松树的梢上，作成了几处阴影。午后的海岸，风景又同午前的不同。伊人静悄悄的看了一回，觉得四边的风景怎么也形容不出来。他想把午前的风景比作患肺病的纯洁的处女，午后的风景比作成熟期以后的嫁过人的丰肥的妇人。然而仔细一想，又觉得比得太俗了。他站着看一忽，又俯了头走一忽，一条初春的海岸上，只有他一个人和他的清瘦的影子在那里动着。他向西的朝着了太阳走了一回，看看自家已经走得远了，就想回转身来走回家去，低头一看，忽看见他的脚底下的沙上有一条新印的女人的脚印印在那里。他前前后后的打量了一回，知道这脚印的主人必在这近边的树林里。并没有什么目的，他就跟了那一条脚步印朝南的走向岸上的松树林里去。走不上三十步路，他看见树影里的枯草上有一条毡毯，几本书和妇人杂志等摊在那里。因为枯草长得很，所以他在海水的边上竟看不出来，他知道这定是属于那脚印的主人的，但是这脚印的主人不知上哪里去了。呆呆的站了一忽，正想走转来的时候，他忽见树林里来了一个妇人，他的好奇心又把他的脚缚住了。等那妇人走近来的时候，他不觉红起脸来，胸前的跳跃怎么也按不下去，所以他只能勉强把视线放低了，眼看了地面，他就回了那妇人一个礼，因为那时候，她已经走到他的面前来了，她原来就是那姓 O 的女学生。他好像是自家的卑陋的心情已经被她看破了的样子，红了脸对她赔罪说：

“对不起得很，我一个人闯到你的休息的地方来。”

“不……不要……”

他看她也好像是没有什么懊恼的样子，便大着胆问她说：

“你府上也是东京么？”

“学校是在东京的上野……但是……家乡是足利。”

“你同C夫人是一向认识的么？”

“不是的……是到这里来之后认识的。……”

“同K君呢？”

“那一个人……那一个人是糊涂虫！”

“今天早晨他邀你出去散步，是他对我的好意，实在唐突得很，你不要见怪了，我就在这里替他赔一个罪吧。”

伊人对她行了一个礼，她倒反觉难以为情起来，就对伊人说：

“说什么话，我……我……又不在这里怨他。”

“我也走得乏了，你可以让我在你的毡毯上坐一坐么？”

“请，请坐！”

伊人坐下之后，她尽在那里站着，伊人就也站了起来说：

“我可失礼了，你站在那里，我倒反而坐起来。”

“不是这样的，不是这样的，我因为坐得太久，所以不愿意再坐了。”

“这样我们再去走一忽吧。”

“怕被人家看见了。”

“海边上清静得很，一个人也没有。”

她好像是无可无不可的样子。伊人就在前头走了，她也慢慢的跟了来。太阳已经快斜到三十度的角度了，他和她沿了海边向西的走去，背后拖着了两个纤长的影子。东天的碧落里，已经有几片红云，在那里报将晚的时刻，一片白白的月亮也出来了。默默地走了三五分钟，伊人回转头来问她说：

"你也是这病么？"

一边说着一边就把自家的左手向左右肩的锁骨穴指了一下，她笑了一笑便低下头去，他觉得她的笑里有无限的悲凉的情意含在那里。默默的又走了几步，他觉得被沉默压迫不过了，又对她说：

"我并没有什么症候，但是晚上每有虚汗出来，身体一天一天地清瘦下去，一礼拜前，我上大学病院去求诊的时候，医生教我休学一年，回家去静养，但是我想以后只有一年三个月了，怎么也不愿意再迟一年，所以今年暑假前我还想回东京去考试呢！"

"若能注意一点，大约总没有什么妨碍的。"

"我也是这么的想，毕业之后，还想上南欧去养病去呢！"

"罗马的古墟原是好的，但是由我们病人看来，还是爱衣奥宁海岸的小岛好呀！"

"你学的是不是声乐？"

"不是的，我学的是钢琴，但是声乐也学的。"

"那么请你唱一个小曲儿吧。"

"今天嗓子不好。"

"我唐突了，请你恕我。"

"你又要多心了，我因为嗓子不好，所以不能唱高音。"

"并不是会场上，音的高低，又何必去问它呢！"

"但是这样被人强求的时候，反而唱不出来的。"

"不错不错，我们都是爱自然的人，不唱也罢了。"

"走了太远了，我们回去吧。"

"你走乏了么？"

“乏倒没有，但是草堆里还有几本书在那里，怕被人看见了不好。”

“但是我可不曾看你的书。”

“你怎么会这样多心的，我又何尝说你看过来！”

“唉，这疑心病就是我半生的哀史的证明呀！”

“什么哀史？”

伊人就把他自小被人虐待，到了今日还不曾感得一些热情过的事情说了。两人背后的清影，一步一步的拖长起来，天空的四周，渐渐儿的带起紫色来了。残冬的余势，在这薄暮的时候，还能感觉得出来，从海上吹来的微风，透了两人的冬服，刺入他和她的高热的心里去。伊人向海上一看，见西北角的天空里一座倒擎的心样的雪山，带着了浓蓝的颜色，在和软的晚霞里作会心的微笑，伊人不觉高声的叫着说：

“你看那富士！”

这样的叫了一声，他不知不觉的伸出了五个指头去寻她那只同玉丝似的手去，他的双眼却同在梦里似的，还悬在富士山的顶上。几个柔软的指头和他那冰冷的手指遇着的时候，他不觉惊了一下，伸转了手，回头来一看，恰好她也正在那里转过她的视线来。两人看了一眼，默默地就各把头低去了。站了一忽，伊人就改换了声音，光明正大的对她说：

“你怕走倦了吧，天也快晚了，我们回转去吧。”

“就回转去吧，可惜我们背后不能看太阳落山的光景。”

伊人向西天一看，太阳已经快落山去了。回转了身，两人并着的走了几步，她说：

“影子真长！”

“这就是太阳落山的光景呀！”

海风又吹过一阵来，岸边起了微波，同飞散了的金箔似的，浪影闪映出几条光线来。

“你觉得凉么，我把我的外套借给你好么？”

“不凉……女人披了男人的外套，像什么样子呀！”

又默默的走了几步，他看看远岸已经有一层晚霞起来了。他和K、B住的地方的岸上树林里，有几点黑影，围了一堆红红的野火坐在那里。

“那一边的小孩儿又在那里生火了。”

“这正是一幅画呀！我现在好像唱得出歌来的样子：

Kennst du das Land,wo die Zitronen bluehn.

Im dunkeln Laub die Goldorangen gluehn,

Ein sanfter Wind vom blauen Himmel weht,

Die Myrte still und boch der Lorbeer steht

底下的是重复句，怕唱不好了！

Kennst du es wohl？

Dahin！ Dahin

Moecht'ich mit dir，O mein Geliebter ziehn！”

她那悲凉微颤的喉音，在薄暮的海边的空气里悠悠扬扬的浮荡着，他只觉得一层紫色的薄膜把他的五官都包住了。

Kennst du das Haus，auf Saeulen rubt sein Dach,

Es glae nzt der Saal，es schimmert das Gemach,

Und Marmorbilder stehn und sehn mich an：

W'as hat man dir，du armes Kind，getan？

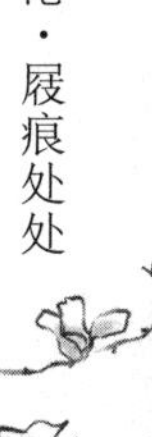

四边的空气一刻一刻的浓厚起来。海面上的凉风又掠过了他那火热的双颊，吹到她的头发上去。他听了那一句歌，忽然想起了去年夏天欺骗他的那一个轻薄的妇人的事情来。

“你这可怜的孩子呀，他们欺负了你么，唉！”

他自家好像是变了迷娘（Mignon），无依无靠的一个人站在异乡的日暮的海边上的样子。用了悲凉的声调在那里幽幽唱曲的好像是从细浪里涌出来的宁妇（Nymph）魅妹（Mermaid）。他忽然觉得 Sentimental 起来，两颗同珍珠似的眼泪滚下他的颊际来了。

Kennst du es wohl？
Dahin！ Dahin
Moccht'ich mit Dir,O mein Beschuetzer，ziehn！
Kennst du den Berg und sein Wolkensteg?
Das Maultier sucht im Nebel seinen Weg;
In Hoehlen wohnt der Drachen alte Brut;
Es stuerzt der Fels und ueber ihn die Flut:
Kennst du ihn wohl？
Dahin！ Dahin
Geht unser Weg，O Vater，lass uns ziehn！

她唱到了这一句，重复的唱了两遍。她那尾声悠扬同游丝似的哀寂的清音，与太阳的残照，都在薄暮的空气里消散了。西天的落日正挂在远远的地平线上，反射出一天红软的浮云，长空高冷，带起银蓝颜色来，平波如镜的海面，也加了一层橙黄的色彩，与四围的紫气溶作了一团。她对他看了一眼，默默的走了几步，就对他说：

"你确是一个 Sentimentalist！"

他的感情脆弱的地方，怕被她看破，就故意的笑着说：

"说甚么话，这一个时期我早已经过去了。"

但是他颊上的两颗泪珠，还未曾干落，圆圆的泪珠里，也反映着一条缩小的日暮的海岸。走到她放毡毯书籍的地方，暮色已经从松树枝上走下来，空中悬着的半规上弦的月亮，渐渐儿的放起光来了。

"再会再会！"

"再会……再……会！"

五、月光

伊人回到他住的地方，看见 B 一个人呆呆的坐在廊下看那从松树林里透过来的黝暗的海岸。听了伊人的脚步声，就回转头来叫他说：

"伊君！你上什么地方去了，我们今天唱诗的时候只有四个人。你也不去，两个好看的女学生也不来，只有我和 K 君和一位最难看的女学生。C 夫人在那里问你呢！"

"对不起得很，我因为上馆山去散步去了，所以赶不及回来。你已经吃过晚饭了么？"

"吃过了。浴汤也好了，主人在那里等你洗澡。"

洗了澡，吃了晚饭，伊人就在电灯底下记了一篇长篇的日记。把迷娘（Mignon）的歌的歌也记了进去，她说的话也

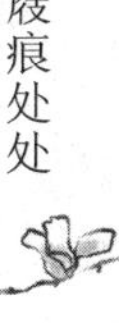

记了进去，日暮的海岸的风景，悲凉的情调，他的眼泪，她的纤手，富士山的微笑，海浪的波纹，沙上的足迹，这一天午后他所看见听见感得的地方都记了进去。写了两个多钟头，他愈写愈加觉得有趣，写好之后，读了又读，改了又改，又费去了一个钟头，这海岸的村落的人家，都已沉沉的酣睡尽了。寒冷静寂的屋内的空气压在他的头上肩上身上，他回头看看屋里，只有壁上的他那扩大的影子在那里动着，除了屋顶上一声两声的鼠斗声之外，更无别的音响振动着空气。火钵里的火也消了，坐在屋里，觉得难受，他便轻轻的开了门，拖了草履，走下院子里去，初八九的上弦的半月，已经斜在西天，快落山了。踏了松树的影子，披了一身灰白的月光，他又穿过了松林，走到海边上去。寂静的海边上的风景，比白天更加了一味凄惨洁净的情调。在将落未落的月光里，踏来踏去的走了一回，他走上白天他和她走过的地方去。差不多走到了时候，他就站住了脚，曲了身去看白天他两人的沙滩上的足迹去。同寻梦的人一样，他寻了半天总寻不出两人的足印来。站起来又向西的走了一忽，伏倒去一寻，他自家的橡皮草履的足迹寻出来了。他的足迹的后边一步一步跟上去的她的足迹也寻了出来。他的胸前觉得似在跳跃的样子，《圣经》里的两节话忽然被他想出来了。

But I say unto you，that whosoever lookthe woman to lust after her hath committed adultery with her already in his heart.And if thy right eye offend thee，pluck it out，and cast it from thee ; for it is profitable for thee that one of thy members should perish， and not that thy who'e body should be cast into hell.

伊人虽已经与妇人接触过几次，然而在这时候，他觉得他的身体又回到童贞未破的时候去了的一样，他对 O 的心，觉得真是纯洁高尚，并无半点邪念的样子，想到了这两节《圣经》，他的心里又起冲突来了。他站起来闭了眼睛，默默的想了回。他想叫上帝来帮助他，可是他的哲学的理智性怎么也不许他祈祷，闭了眼睛，立了四五分钟，摇了一摇头，叹了一口气，他仍复走了回来。他一边走一边把头转向南面的树林，在深深的探视。那边并无灯火看得出来，只有一层蒙蒙的月光，罩在树林的上面，一块树林的黑影，教人想到神秘的事迹上去。他看了一回，自家对自家说：

“她定住在这树林的里边，不知她睡没有睡，她也许在那里看月光的。唉，可怜我的一生。可怜我的长失败的生涯！”

月亮又低了一段，光线更灰白起来，海面上好像有一只船在那里横驶的样子，他看了一眼，灰白的光里，只见一只怪兽似的一个黑影在海上微动，他忽觉得害怕起来。一阵凉风又横海的掠上他的颜面，他打了一个冷痉，就俯了首三脚两步的走回家来了。睡了之后，他觉得有女人的声音在门外叫他的样子，仔细听了一听，这确是唱迷娘的歌的声音。他就跑出来跟了她上海边上去。月亮正要落山的样子，西天尽变了红黑的颜色。他向四边一看，觉得海水树林沙滩也都变了红黑色了。他对她一看，见她脸色被四边的红黑色反映起来，竟苍白得同死人一样。他想和她说话，但是总想不出什

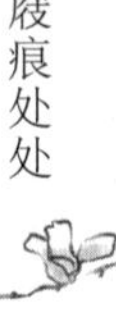

么话来。她也只含了两眼清泪，在那里默默的看他。两人在沉默的中间，动也不动的看了一忽，她就回转身向树林里走去。他马上追了过去，但是到树林的口头的时候，他忽然遇着了去年夏天欺骗他的那淫妇，含着了微笑，从树林里走了出来。啊的叫了一声，他就想跑回到家里来，但是他的两脚，怎么也不能跑，苦闷了一回，他的梦才醒了。身上又发了一身冷汗，那一晚他再也不能睡了。去年夏天的事情，他又回想了出来。去年夏天他的身体还强健得很，在高等学校卒了业，正打算进大学去，他的前途还有许多希望在那里。我们更换一个高一级的学校或改迁一个好一点的地方的时候感得的那一种希望心和好奇心，也在他的胸中酝酿。那时候他的经济状态，也比现在宽裕，家里汇来的五百元钱，还有一大半存在银行里。他从他的高等学校的 N 市，迁到了东京，在芝区的赤仓旅馆住了一个礼拜，有一天早晨在报上看见了一处招租的广告。因为广告上出租的地方近在第一高等学校的前面，所以去大学也不甚远。他坐了电车，到那个地方去一看，是一家中流人家。姓 N 的主人是一个五六十岁的强壮的老人，身体伟巨得很，相貌虽然狞恶，然而应对却非常恭敬。出租的是楼上的两间房子，伊人上楼去一看，觉得房间也还清洁，正坐下去，同那老主人在那里讲话的时候，扶梯上走上了一个二十三四的优雅的妇人来。手里拿了一盆茶果，走到伊人的面前就恭恭敬敬跪下去对伊人行了一个礼。伊人对她看了一眼，她就含了微笑，对伊人丢了一个眼色。伊人倒反觉得害起羞来。她还是平平常常的好像得了胜利似的下楼去了。伊人说定了房间，就走下楼来，出门的时候，她又跪在门口，含了微笑在那里送他。他虽然不能仔仔细细的观察，然而就他一眼所及的地方看来，刚才的那个妇人，确是一个美人。小小的身材，长圆的脸儿，一头丛多的黑色的头发，坠在她的娇白的额上。一双眼睛活得很，也大得很。伊人一路回到他的旅馆里去，在电车上就作了许多空想。

“名誉我也有了，从九月起我便是帝国大学的学生了。金钱我也可以支持一年，现在还有二百八十余元的积贮在那里。第三个条件就是女人了。Ah，money，love and fame！”

他想到这里，不觉露了一脸微笑，电车里坐在他对面的一个中年的妇人，好像在那里看他的样子，他就在洋服袋里拿出一册当时新出版的日本的小说《一妇人》（Aru Onnan）来看了。

第二天早晨，他一早就从赤仓旅馆搬到本乡的N的家里去。因为时候还早得很，昨天看见的那个妇人还没有梳头，粗衣乱发的她的容姿，比梳妆后的样子还更可爱，他一见了她就红了脸，一句话也讲不出来。她只含着了微笑，帮他在那里整理从旅馆里搬来的物件。一只书箱重得很，伊人一个人搬不动，她就跑过来帮伊人搬上楼去。搬上扶梯的时候，伊人退了一步，恰好冲在她的怀里，她便轻轻地把伊人抱住了说：

“危险呀！要没有我在这里，怕你要滚下去了。”

伊人觉得一层女人的电力，微微的传到他的身体上去。他的自制力已经没有了，好像在冬天寒冷的时候，突然进了热雾腾腾的浴室里去的样子，伊人只昏昏的说：

“危险危险！多谢多谢！对不起对不起！……”

伊人急忙走开了之后，她还在那里笑着，看了伊人的恼羞的样子，她就问他说：

“你怕羞么！你怕羞我就下楼去！”

伊人正想回话的时候，她却转了身走下楼去了。

夏天的暑热，一天一天的增加起来，伊人的神经衰弱也一天一天的重起来了。伊人在N家里住了两个礼拜，家里的情形，也都被他知道了。N老人便是那妇人的义父，那妇人名叫M，是N老人的朋友的亲生女。M有一个男人，是入赘的，现在乡下的中学校里做先生，所以不住在家里的。

那妇人天天梳洗的时候，总把上身的衣服脱得精光，把她的乳头胸口露出来。伊人起来洗面的时候每天总不得不受她的露体的诱惑，因此他的脑病更不得不一天重似一天起来。

有一天午后，伊人正在那里贪午睡，M一个人不声不响的走上扶梯钻到他的帐子里来。她一进帐子伊人就醒了。伊人对她笑了一笑，她也对伊人笑着并且轻轻的说：

“底下一个人都不在那里。”

伊人从盖在身上的毛毯里伸出了一只手来，她就靠住了伊人的手把身体横下来转进毛毯里去。

第二日她和她的父亲要伊人带上镰仓去洗海水澡。伊人因为不喜欢海水浴，所以就说：

“海水浴俗得很，我们还不如上箱根温泉去吧。”

过了两天，伊人和M及M的父亲，从东京出发到箱根去了。在宫下的奈良屋旅馆住下的第二天，M定要伊人和她上芦湖去，N老人因为家里丢不下，就在那一天的中饭后回东京去了。

吃了中饭，送 N 老人上了车，伊人就同她上芦湖去。倒行的上山路缓缓的走不上一个钟头，她就不能走了。好容易到了芦湖，伊人和她又投到纪国屋旅馆去住下。换了衣服，洗了汗水，吃了两杯冰淇淋，觉得元气恢复起来，闭了纸窗，她又同伊人睡下了。

过了一点多钟太阳沉西的时候，伊人又和她去洗澡去。吃了夜饭，坐了二三十分钟，楼上还很热闹的时候，M 就把电灯熄了。

第二天天气热得很，伊人和她又在芦湖住了一天，第三天的午后，他们才回到东京来。

伊人和 M，回到本乡的家里的门口的时候，N 老人就迎出来说：

“M 儿！ W 君从病院里出来了！”

“啊！这……病好了么，完全好了么！”

M 的面上露出了一种非常欢喜的样子来，伊人以为 W 是她的亲戚，所以也不惊异，走上家里去之后，他看见在她的房里坐着一个三十来岁的男子。这男子的身体雄伟得很，脸上带着一脸酒肉气，见伊人进来，就和伊人叙起礼来。N 老人就对伊人说：

“这一位就是 W 君，在我们家里住了两年了。今年已经在文科大学卒业。你的名氏他也知道的，因为他学的是汉文，所以在杂志上他已经读过你的诗的。”

M 一面对 W 说话，一面就把衣服脱下来，拿了一块手巾把身上的汗揩了，揩完之后，把手巾递给伊人说：

“你也揩一揩罢！”

伊人觉得不好看，就勉强的把面上的汗揩了。伊人与W虽是初次见面，但是总觉得不能与他合伴。不晓是什么理由，伊人总觉得W是他的仇敌。说了几句闲话，伊人上楼去拿了手巾肥皂，就出去洗澡去了。洗了澡回来，伊人在门口听见M在那里说笑，好像是喜欢得了不得的样子。伊人进去之后，M就对他说：

“今天晚上W先生请我们吃鸡，因为他病好了，今天是他出病院的纪念日。”

M又说W因为害肾脏病，到病院去住了两个月，今天才出病院的。伊人含糊的答应了几句，就上楼去了。这一天的晚上，伊人又害了不眠症，开了眼睛，竟一睡也睡不着。到十二点钟的时候，他听见楼底下的M的房门轻轻儿的开了，一步一步的M的脚步声走上她的间壁的W的房里去。叽哩咕噜的讲了几句之后，M特有的那一种呜呜的喘声出来了，伊人正好像被泼了一身冷水，他的心脏的鼓动也停止了，他的脑里的血液也凝住了。他的耳朵同犬耳似的直竖了起来，楼下的一举一动他都好像看得出来的样子。W的肥胖的肉体，M的半开半闭的眼睛，散在枕上的她的头发，她的嘴唇和舌尖，她的那一种粉和汗的混和的香气，下体的颤动……他想到这里，已经不能耐了。愈想睡愈睡不着。楼下窸窸窣窣的声响，更不止的从楼板上传到他的耳膜上来。他又不敢作声，身体又不敢动一动。他胸中的苦闷和后悔的心思，一时同暴风似的起来，两条冰冷的眼泪从眼角上流到耳朵根前，从耳朵根前滴到枕上去了。

天将亮的时候才幽脚幽手的回到她自己的房里去，伊人听了一忽，觉得楼底下的声音息了。翻来覆去的翻了几个身，才睡着了。睡不上一点多钟，他又醒了。下楼去洗面去的时候，M 和 W 都还睡在那里，只有 N 老人从院子对面的一间小屋里（原来老人是睡在这间小屋里的）走了下来，擦擦眼睛对伊人说：

“你早啊！”

伊人答应了一声，匆匆洗完了脸，就套上了皮鞋，跑出外面去。他的脑里正乱得同蜂巢一样，不晓得怎么才好。他乱的走了一阵，却走到了春日町的电车交换的十字路口了。不问清白，他跳上了一乘电车就乘在那里，糊糊涂涂的换了几次车，电车到了目黑的终点了。太阳已经高得很，在田塍路上穿来穿去的走了十几分钟，他觉得头上晒得痛起来，用手向头上一摸，才知道出来的时候，他不曾把帽子带来。向身上脚下一看，他自家也觉得好笑起来。身上只穿了一件白绸的寝衣，赤了脚穿了一双白皮的靴子。他觉得羞极了，要想回去，又不能回去，走来走去的走了一回，他就在一块树阴的草地上坐下了。把身边的钱包取出来一看，包里还有三张五元的钞票和二三元零钱在那里，幸喜银行的账簿也夹在钱包里面，翻开来一看，只有百二十元钱存在了。他静静的坐了一忽，想了一下，忽把一月前头住过的赤仓旅馆想了出来。他就站起来走，穿过了几条村路，寻到一间人力车夫的家里坐了一乘人力车，便一直的奔上赤仓旅馆去。在车上的幌帘里，他想想一月前头看了房子回来在电车上想的空想，不知不觉的就滴了两颗大眼泪下来。

“名誉，金钱，妇女，我如今有一点什么？什么也没有，

什么也没有。我……我只有我这一个将死的身体。”

到了赤仓旅馆，旅馆里的听差的看了他的样子，都对他笑了起来：

“伊先生！你被强盗抢劫了么？”

伊人一句话也回答不出来，就走上账桌去写了一张字条，对听差的说：

“你拿了这一张字条，上本乡 ×× 町 ××× 号地的 N 家去把我的东西搬了来。”

伊人默默的上一间空房间里去坐了一忽，种种伤心的事情，都同春潮似的涌上心来。他愈想愈恨，差不多想自家寻死了，两条眼泪连连续续的滴下他的腮来。

过了两个钟头之后，听差的人回来说：

“伊先生你也未免太好事了。那一个女人说你欺负了她，如今就要想远遁了。她怎么也不肯把你的东西交给我搬来。她说还有要紧的事情和你亲说，要你自家去一次。一个三十来岁的同牛也似的男人说你太无礼了。因为他出言不逊，所以我同他闹了一场，那一只牛大概是她的男人吧？”

“她另外还说什么？”

“她说的话多得很呢！她说你太卑怯了！并不像一个男子汉。那是她看了你的字条的时候说的。”

“是这样的么，对不起得很，要你空跑了一次。”

一边这样的说，一边伊人就拿了两张钞票，塞在那听差的手里。听差的要出去的时候，伊人又叫他回来，要他去拿了几张信纸信封和笔砚来。笔砚信纸拿来了之后，伊人就写了一封长长的信给 M。

第三天的午前十时，横滨出发的春日丸轮船的二等舱板上，伊人呆呆的立在那里。他站在铁栏旁边，一瞬也不转的在那里看渐渐儿小下去的陆地。轮船出了东京湾，他还呆呆的立在那里，然而陆地早已看不明白了，因为船离开横滨港的时候，他的眼睛就模糊起来，他的眼睑毛上的同珍珠似的水球，还有几颗没有干着，所以他不能下舱去与别的客人接谈。

对面正屋里的挂钟敲了二下，伊人的枕上又滴了几滴眼泪下来，那一天午后的事情，箱根旅馆里的事情，从箱根回来那一天晚上的事情，他都记得清清楚楚，同昨天的事情一样。立在横滨港口春日丸船上的时候的懊恼又在人的胸里活了转来，那时候尝过的苦味他又不得不再尝一次。把头摇了一摇，翻了一转身，他就轻轻的说：

“O 呀 O，你是我的天使，你还该来救救我。”

伊人又把白天她在海边上唱的迷娘的歌想了出来：

“他这可怜的孩子呀，他们欺负了你了么？唉！”

“Was hat man dir，du armcs kind，grtan？”

伊人流了一阵眼泪，心地渐渐儿的和平起来，对面正屋里的挂钟敲三点的时候，他已经嘶嘶的睡着了。

六、崖上

伊人醒来的时候已经是九点多了。窗外好像在那里下雨，檐漏的滴声传到被里睡着的伊人的耳朵里来。开了眼又睡了一刻钟的样子，他起来了。开门一看，一层濛濛的微雨，把

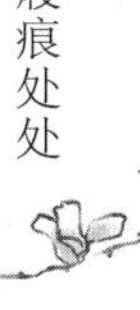

房屋树林海岸遮得同水墨画一样。伊人洗完了脸，拿出一本乔其墨亚的小说来，靠了火钵读了几页，早膳来了。吃了早膳，停了三四十分钟，K 和 B 来说闲话，伊人问他们今天有没有圣经班，他们说没有，圣经班只有礼拜二礼拜五的两天有的。伊人一心想和 O 见面，所以很愿意早一刻上 C 夫人的家里去，听了他们的话，他也觉得有些失望的地方，B 和 K 说到中饭的时候，各回自家的房里去了。

吃了中饭，伊人看了一篇乔其墨亚（George moorre）的《往事记》(《Memoirs of my dead life》)，那钟声又当当的响了起来。伊人就跑也似的走到 C 夫人的家里去。K 和 B 也来了，两个女学生也来了，只有 O 不来，伊人胸中硗硗落落地总平静不下去。一分钟过去了，五分钟过去了，O 终究没有来。赞美诗也唱了，祈祷也完了，大家都快散去了，伊人想问她们一声，然而终究不能开口。两个女学生临去的时候，K 倒问她们说：

"O 君怎么今天又不来？"

一个年轻一点的女学生回答说：

"她今天身上又有热了。"

伊人本来在那里作种种的空想的，一听了这话，就好像是被宣告了死刑的样子，他的身上的血管一时都觉得胀破了。他穿了鞋子，急急的跟了那两个女学生出来。等到无人看见的时候，他就追上去问那两个女学生说：

"对不起得很，O 君是住在什么地方的，你们可以领我去看看她么？"

两个女学生尽在前头走路，不留心他是跟在她们后边的，被他这样的一问就好像惊了似的回转身来看他。

“吗！你怎么雨伞都没有带来，我们也是上O君那里去的，就请同去吧！”

两个女学生就拿了一把伞借给了他，她们两个就合用了一把向前的走去。在如烟似雾的微雨里走了一二十分钟，他们三人就走到了一间新造的平房门口，门上挂着一块O的名牌，一扇小小的门，却与那一间小小的屋相称。三人开门进去之后，就有一个老婆子迎出来说：

“请进来！这样的下雨，你们还来看她，真真是对不起得很了。”

伊人跟了她们进去，先在客室里坐下，那老婆子捧出茶来的时候，指着伊人对两个女学生问说：

“这一位是……”

这样的说了，她就对伊人行起礼来。两个女学生也一边说一边在那里赔礼。

“这一位是东京来的。C夫人的朋友,也是基督教徒。……”

伊人也说：

“我姓伊，初次见面，以后还请照顾照顾。……”

初见的礼完了，那老婆子就领伊人和两个女学生到O的卧室里去。O的卧室就在客室的间壁，伊人进去一看，见O红着了脸，睡在红花的绉布被里，枕边上有一本书摊在那里。脚后摆着一个火钵，火钵边上有一个坐的蒲团，这大约是那老婆子坐的地方。火钵上的铁瓶里，有一瓶沸的开水，在那里发水蒸汽，所以室内温暖得很。伊人一进这卧房，就闻得一阵香水和粉的香气，这大约是处女的闺房特有气息。老婆

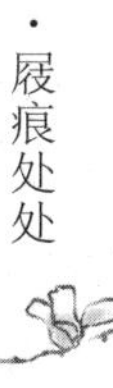

子领他们进去之后，把火钵移上前来，又从客室里拿了三个坐的蒲团来，请他们坐了。伊人进这病室之后，就感觉到一种悲哀的预感，好像有人在他的耳朵跟前告诉说：

“可怜这一位年轻的女孩，已经没有希望了。你何苦又要来看她，使她多一层烦忧。”

一见了她那被体热蒸红的清瘦的脸儿，和她那柔和悲寂的微笑，伊人更觉得难受，他红了眼，好久不能说话，只听她们三人轻轻地在那里说：

“吗！这样的下雨，你们还来看我，真对不起得很呀。”（O 的话）

“哪里的话，我们横竖在家也没有事的。”（第一个女学生）

“C 夫人来过了么？”（第二个女学生）

“C 夫人还没有来过，这一点小病又何必去惊动她，你们可以不必和她说的。”

“但是我们已经告诉她了。”

“伊先生听了我们的话，才知道你是不好。”

“吗！真对你们不起，这样的来看我，但是我怕明天就能起来的。”

伊人觉得 O 的视线，同他自家的一样，也在那里闪避。所以伊人只是俯了首，在那里听她们说闲话，后来那年纪最小的女学生对伊人说：

“伊先生！你回去的时候，可以去对 C 夫人说一声，说 O 君的病并不厉害。”

伊人诚诚恳恳的举起视线来对 O 看了一眼，就马上把头低下去说：

“虽然是小病，但是也要保养……。”

说到这里，他觉得说不下去了。

三人坐了一忽，说了许多闲话，就站起来走。

“请你保重些！”

“保养保养！”

“小心些……”

“多谢多谢，对你们不起！”

伊人临走的时候，又深深的对O看了一眼，O的一双眼睛，也在他的面上迟疑了一回。他们三人就回来了。

礼拜日天晴了，天气和暖了许多。吃了早饭，伊人就与K和B，从太阳光里躺着的村路上走到北条市内的礼拜堂去做礼拜。雨后的乡村，满目都是清新的风景。一条沙泥和硅石结成的村路，被雨洗得干干净净在那里反射太阳的光线。道旁的枯树，以青苍的天体作为背景，挺着枝干，好像有一种新生的气力贮蓄在那里的样子，大约发芽的时期也不远了。空地上的枯树投射下来的影子，同苍老的南画的粉本一样。伊人同K和B，说了几句话，看看近视眼的K，好像有不喜欢的样子形容在面上，所以他就也不再说下去了。

到了礼拜堂里，一位三十来岁的，身材短小，脸上有一簇络腮短胡子的牧师迎了出来。这牧师和伊人是初次见面，谈了几句话之后，伊人就觉得他也是一个沉静无言的好人。牧师也是近视眼，也戴着一双钢丝边的眼镜，说话的时候，语音是非常沉郁的。唱诗说教完了之后，是自由说教的时刻了。近视眼的K，就跳上坛上去说：

“我们东洋人不行不行。我们东洋人的信仰全是假的，有几个人大约因为想学几句外国话，或想与女教友交际交际才去信教的。所以我们东洋人是不行的，我们若要信教，要同原始基督教徒一样的去信才好。也不必讲外国话，也不必同女教友交际的。”

伊人觉得立时红起脸来，K的这几句话，分明是在那里攻击他的。第一何以不说“日本人”要说“东洋人”？在座的人除了伊人之外还有谁不是日本人呢？讲外国话，与女教友交际，这是伊人的近事。K的演说完了之后，大家起来祈祷，祈祷毕，礼拜就完了。伊人心里只是不解，何以K要反对他到这一个地步。来做礼拜的人，除了C夫人和那两个女学生之外，都是些北条市内的住民，所以K的演说也许大家是不能理会的，伊人想到了这里，心里就得了几分安易。众人还没有散去之先，伊人就拉了B的手，匆匆的走出教会来了。走尽了北条的热闹的街道，在车站前面要向东折的时候，伊人对B说：

“B君，我要问你几句话，我们一直的去，穿过了车站，走上海岸去吧。”

穿过了车站走到海边的时候，伊人问说：

“B君，刚才K君讲的话，你可知道是指谁说的？”

“那是指你说的。”

“K何以要这样的攻击我呢？”

“你要晓得K的心里是在那里想O的。你前天同她上馆山去，昨天上她家去看她的事情，都被他知道了。他还在C夫人的面前说你呢！”

伊人听了这话，默默的不语，但是他面上的一种难过的样子，却是在那里说明他的心理的状态。他走了一段，又问B说：

“你对这事情的意见如何，你说我不应该同O君交际的么？”

“这话我也难说，但是依我的良心而说，我是对K君表同情的。”

伊人和B又默默的走了一段，伊人自家对自家说：

“唉！我又来作卢亭（Roudine）了。”

日光射在海岸上，沙中的硅石同金刚石似的放了几点白光。一层蓝色透明的海水的细浪，就打在他们的脚下。伊人俯了首走了一段，仰起来看看苍空，觉得一种悲凉孤冷的情怀，充满了他的胸里，他读过的卢骚著的《孤独者之散步》里边的情味，同潮也似的涌到他的脑里来，他对B说：

“快十二点钟了，我们快一点回去吧。”

七、南行

礼拜天的晚上，北条市内的教会里，又有祈祷会，祈祷毕后，牧师请伊人上坛去说话。伊人拣了一句《山上垂诫》里边的话作他的演题：

“Blessed are the poor in spiril ; for theirs is the Kingdom of Heaven.”

“心贫者福矣，天国为其国也。”

“说到这一个‘心’字，英文译作Spirit，德文译作Geist，法文是Esprit，大约总是‘精神’讲的。精神上受苦的人是

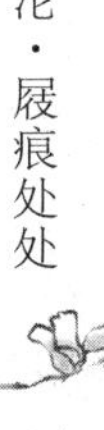

有福的，因为耶稣所受的苦，也是精神上的苦。说到这‘贫’字，我想是有二种意思，第一就是我们平常所说的贫苦的‘贫’，就是由物质上的苦而及于精神上的意思。第二就是孤苦的意思，这完全是精神上的苦处。依我看来，耶稣的说话里，这两种意思都是包含在内的。托尔斯泰说，山上的说教，就是耶稣教的中心要点，耶稣教义，是不外乎山上的垂诫，后世的各神学家的争论，都是牵强附会，离开正道的邪说，那些枝枝叶叶，都是掩藏耶稣的真意的议论，并不是显彰耶稣的道理的烛炬。我看托尔斯泰信仰论里的这几句话是很有价值的。耶稣教义，其实已经是被耶稣在山上说尽了。若说耶稣教义尽于山上的说教，那么我敢说山上的说教尽于这‘心贫者福矣’的一句话。因为‘心贫者福矣’是山上说教的大纲，耶稣默默的走上山去，心里在那里想的，就是一句可以总括他的意思的话。他看看群众都跟了他来，在山上坐下之后，开口就把他所想说的话的纲领说了：

“‘心贫者福矣，天国为其国也。’

“底下的一篇说教，就是这一个纲领的说明演绎，马太福音，想是诸君都研究过的，所以底下我也不要说下去，我现在想把我对于这一句纲领的话，究竟有什么感想，这一句话的证明，究竟在什么地方能寻得出来的话，说给诸君听听，可以供诸君作一个参考。我们的精神上的苦处，有一部分是从物质上的不满足而来的。比如游俄 Hugo《哀史（Les Miserables）》里的主人公详乏儿详（Jean Valjean）的偷盗，是由于物质上的贫苦而来的行动，后来他受的苦闷，就成了精神上的苦恼了。更有一部分经济学者，从唯物论上立脚，想把一切厌世的思想的原因，都归到物质上的不满足的身上去。他们说要是萧本浩（Schopenhauer），若有一个理想的情人，他的哲学‘意志与表像的世界（Die welt als Wille und Vorstellung）’就没有了。这未免是极端之论，但是也有半面真理在那里。所以物质上的不满足，可以酿成精神上的愁苦的。耶稣的话，‘心贫者福矣’，就是教我们应该耐贫苦，不要去贪物质上的满足。基督教的一个大长所，就是教人尊重清贫，不要去贪受世上的富贵。《圣经》上有一处说，有钱的人非要把钱丢了，不能进天国，因为天国的门是非常窄的。亚西其的圣人弗兰西斯（St · Francis of Assisi），就是一个尊贫轻富的榜样，他丢弃了父祖的家财，甘与清贫去作伴，依他自家说来，是与穷苦结婚，这一件事有何等的毅力！在法庭上脱下衣服来还他父亲的时候，谁能不被他感动！这是由物质上的贫苦而酿成精神上的贫苦的说话。耶稣教我们轻富尊贫，就是想救我们精神上的这一层苦楚。由此看来，耶稣教毕竟是贫苦人的宗教，所以耶稣教与目下的暴富者，无良心的有权力者不能两立的。我们现在更要讲到纯粹的精神上的贫苦上去。纯粹的精神上的贫苦的人，就是下文所说的有悲哀的人，心肠慈善的人，对正义如饥如渴的人，以及爱和平，施恩惠，为正义的缘故受逼迫的人，这些人在我们东洋就是所谓有德的人。古人说德不孤，必有邻，现在却是反对的了。为和平的缘故，劝人息战的人，反而要去坐监牢去。为正义的缘故，替劳动者抱不平的人，反而要去作囚人服苦役去。对于国家的无理的法律制度反抗的人，要被火来烧杀。我们读欧洲史读到清教徒的被虐杀，路得的被当时德国君主迫害

的时候，谁能不发起怒来。这些甘受社会的虐待，愿意为民众作牺牲的人，都是精神上觉得贫苦的人呀！所以耶稣说：‘心贫者福矣，天国为其国也。’最后还有一种精神上贫苦的人，就是有纯洁的心的人。这一种人抱了纯洁的精神，想来爱人爱物，但是因为社会的因习，国民的惯俗，国际的偏见的缘故，就不能完全作成耶稣的爱，在这一种人的精神上，不得不感受一种无穷的贫苦。另外还有一种人，与纯洁的心的主人相类的，就是肉体上有了疾病，虽然知道神的意思是如何，耶稣的爱是如何，然而总不能去做的一种人。这一种人在精神上是最苦，在世界上亦是最多。凡对现在的唯物的浮薄的世界不能满足，而对将来的欢喜的世界的希望不能达到的一种世纪末 Fin de siecle 的病弱的理想家，都可算是这一类的精神上贫苦的人。他们在这堕落的现世虽然不能得一点同情与安慰，然而将来的极乐国定是属于他们的。”

伊人在北条市的那个小教会的坛上，在同淡水似的煤气灯光的底下说这些话的时候，他那一双水汪汪的眼光尽在一处凝视，我们若跟了他的视线看去，就能看出一张苍白的长圆的脸儿来。这就是 O 呀！

O 昨天睡了一天，今天又睡了大半日，到午后三点钟的时候，才从被里起来，看看热度不高，她的母亲也由她去了。O 起床洗了手脸，正想出去散步的时候，她的朋友那两个女学生来了。

“请进来，我正想出去看你们呢！”（O 的话）

“你病好了么？”（第一个女学生）

“起来也不要紧的么？”（第二个女学生）

“这样恼人的好天气，谁愿意睡着不起来呀！”

“晚上能出去么？”

“听说伊先生今晚在教会里说教。”

“你们从哪里得来的消息？”

“是 C 夫人说的。”

“刚才唱赞美诗的时候说的。”

“我应该早一点起来，也到 C 夫人家去唱赞美诗的。”

在 O 的家里有了这会话之后，过了三个钟头，三个女学生就在北条市的小教会里听伊人的演讲了。

伊人平平稳稳的说完了之后，听了几声鼓掌的声音，就从讲坛上走了下来。听的人都站了起来，有几个人来同伊人握手攀谈，伊人心里虽然非常想跑上 O 的身边去问她的病状，然而看见有几个青年来和他说话，不得已只能在火炉旁边坐下了。说了十五分钟闲话，听讲的人都去了，女学生也去了，O 也去了，只有与 B，和牧师还在那里。看看伊人和几个青年说完了话之后，B 就光着了两只眼睛，问伊人说：

“你说的轻富尊贫，是与现在的经济社会不合的，若说个个人都不讲究致富的方法，国家不就要贫弱了么？我们还要念什么书，商人还要做什么买卖？你所讲的与你们捣乱的中国，或者相合也未可知，与日本帝国的国体完全是反对的。什么社会主义呀，无政府主义呀，那些东西是我所最恨的。你讲的简直是煽动无政府主义，社会主义的话，我是大反对的。”

K 也擎了两手叫着说：

“Es，es，alright，mista B.yare yare!”

（“不错不错，赞成赞成，B 君讲下去讲下去！”）

和伊人谈话的几个青年里边的一个年轻的人忽站了起来对 B 说：

“你这位先生大约总是一位资本家家里的食客。我们工人劳动者的受苦，全是因为了你们资本家的缘故呀！资本家就是因为有了几个臭钱，便那样的作威作福的凶恶起来，要是大家没有钱，倒不是好么？”

“你这黄口的小孩，晓得什么东西！”

“放你的屁！你在有钱的大老官那里拍拍马屁，倒要骂起人来！……”

B 和那个青年差不多要打起来了，伊人独自一个就悄悄的走到外面来。北条街上的商家，都已经睡了，一条静寂的长街上，洒满了寒冷的月光，从北面吹来的凉风，夹了沙石，打到伊人的面上来。伊人打了几个冷痉，默默的走回家去。走到北条火车站前，折向东去的时候，对面忽来了几个微醉的劳动者，幽幽的唱着了乡下的小曲儿过去了。劳动者和伊人的距离渐渐儿的远起来，他们的歌声也渐渐儿幽了下去，在这春寒陡峭的月下，在这深夜静寂的海岸渔村的市上，那尾声微颤的劳动者的歌音，真是哀婉可怜。伊人一边默默的走去，俯首看着他在树影里出没的影子，一边听着那劳动者的凄切悲凉的俗曲的歌声，蓦然觉得鼻子里酸了起来，O 对他讲的一句话，他又想出来了：

“你确是一个生的闷脱列斯脱（sentimentalist）！”

伊人到家的时候，已经是十一点钟光景，房里火钵内的炭火早已消去了。午后五点钟的时候从海上吹来的一阵北风，把内房州一带的空气吹得冰冷，他写好了日记，正在改读的时候，忽然打了两个喷嚏。衣服也不换，他就和衣的睡了。

第二天醒来的时候，伊人觉得头痛得非常，鼻孔里吹出来的两条火热的鼻息，难受得很。房主人的女儿拿火来的时候，他问她要了一壶开水，他的喉音也变了。

“伊先生，你感冒了风寒了。身上热不热？”

伊人把检温计放到腋下去一测，体热高到了三十八度六分。他讲话也不愿意讲，只是沉沉的睡在那里。房主人来看了他两次。午后三点半钟的时候，C 夫人也来看他的病了，他对她道一声谢，就不再说话了。晚上 C 夫人拿药来给他的时候，他听 C 夫人说：

“O 也伤了风，体热高得很，大家正在那里替她忧愁。”

礼拜二的早晨，就是伊人伤风后的第二天，他觉得更加难受，看看体热已经增加到三十九度二分了，C 夫人替他去叫了医生来一看，医生果然说：

“怕要变成肺炎，还不如使他入病院的好。”

午后四点钟的时候在夕阳的残照里，有一乘寝台车，从北条的八幡海岸走上北条市的北条病院去。

这一天的晚上，北条病院的楼上朝南的二号室里，幽暗的电灯光的底下，坐着了一个五十岁前后的秃头的西洋人和 C 夫人在那里幽幽的谈议，病室里的空气紧迫得很。铁床上白色的被褥里，有一个清瘦的青年睡在那里。若把他那瘦骨棱棱的脸上的两点被体热蒸烧出来的红影和口头的同微虫似的气息拿去了，我们定不能辨别他究竟是一个蜡人呢或是真正的肉体。这青年便是伊人。

一九二一年七月二十七日

银灰色的死

上

雪后的东京，比平时更添了几分生气。从富士山顶上吹下来的微风，总凉不了满都男女的白热的心肠。千九百二十年前，在伯利恒的天空游动的那颗明星出现的日期又快到了。街街巷巷的店铺，都装饰得同新郎新妇一样，竭力地想多吸收几个顾客，好添些年终的利泽。这正是贫儿富主，一样多忙的时候。这也是逐客离人，无穷伤感的时候。

在上野不忍池的近边，在一群乱杂的住屋的中间，有一间楼房，立在澄明的冬天的空气里。这一家人家，在这年终忙碌的时候，好像也没有什么活气似的，楼上的门窗，还紧紧的闭在那里，金黄的日球，离开了上野的丛林，已经高挂在海青色的天体中间，悠悠地在那里笑人间的多事了。

太阳的光线，从那紧闭的门缝中间，斜射到他的枕上的时候，他那一双同胡桃似的眼睛，就睁开了，他大约已经有二十四五岁的年纪。在黑漆漆的房内的光线里，他的脸色更加觉得灰白，从他面上左右高出的颧骨，同眼下的深深的眼窝看来，他定是一个清瘦的人。

他开了半只眼睛，看看桌上的钟，长短针正重看在X字的上面。开了口，打了一个呵欠，他并不知道他自家是一个大悲剧的主人公，又仍旧嘶嘶地睡着了。半醒半觉地睡了一忽，听着间壁的挂钟打了十一点之后，他才跳出被来。胡乱地穿好了衣服，跑下了楼，洗了手面，他就套上了一双破皮鞋，跑出外面去了。

他近来的生活状态，比从前大有不同的地方。自从十月底到如今，两个月的中间，他总每是昼夜颠倒地要到各处酒馆里去喝酒。东京的酒馆，当炉的大约都是十七八岁的少妇。他虽然知道她们是想骗他的金钱，所以肯同他闹，同他玩的，然而一到了太阳西下的时候，他总不能在家里好好的住着。有时候他想改过这恶习惯来，故意到图书馆里去取他平时所爱读的书来看，然而到了上灯的时候，他的耳朵里，忽然会有各种悲凉的小曲儿的歌声听见起来。他的鼻孔里，也会脂粉，香油，油沸鱼肉，香烟醇酒的混合的香味到来；他的书的字里行间，忽然更会跳出一个红白的脸色来。那一双迷人的眼睛，一点一点地扩大起来了。同蔷薇花苞似的嘴唇，渐渐儿的开放起来，两颗笑靥，也看得出来了。洋瓷似的一排牙齿，也看得出来了。他把眼睛一闭，他的面前，就有许多妙年的妇女坐在红灯的影里，微微的在那里笑着。也有斜视他的，也有点头的，也有把上下的衣服脱下来的，也有把雪样嫩的纤手伸给他的。到了那个时候，他总不知不觉地要跟了那只纤手跑去，同做梦的一样，走了出来。等到他

的怀里有温软的肉体坐着的时候，他才知道他是已经不在图书馆内了。

昨天晚上，他也在这样的一家酒馆里坐到半夜过后一点钟的时候，才走出来，那时候他的神志已经变得昏乱而不清了。在路上跌来跌去的走了一会，看看四面并不能看见一个人影，万户千门，都寂寂地闭在那里，只有一行参差不齐的门灯，黄黄地在街上投射出了几处朦胧的黑影。街心的两条电车的路线，在那里放磷火似的青光。他立住了足，靠着了大学的铁栏杆，仰起头来就看见了那十三夜的明月，同银盆似的浮在淡青色的空中。他再定睛向四面一看，才知道清静的电车线路上，电柱上，电线上，歪歪斜斜的人家的屋顶上，都洒满了同霜也似的月光。他觉得自家一个人孤冷得很，好像同遇着了风浪后的船夫，一个人在北极的雪世界里漂泊着的样子。背靠着了铁栏杆，他尽在那里看月亮。看了一会，他那一双衰弱得同老犬似的眼睛里，忽然滚下了两颗眼泪来。去年夏天，他结婚时候的景象，同走马灯一样，旋转到他的眼前来了。

三面都是高低的山岭，一面宽广的空中，好像有江水的气味蒸发过来的样子。立在山中的平原里，向这空空荡荡的方面一望，谁都能生出一种灵异的感觉出来，知道这天空的底下，就是江水了。在山坡的煞尾的地方，在平原的起头的区中，有几点人家，沿了一条同曲线似的清溪，散在疏林蔓草的中间。有一天多情多梦的夏天的深更里，因为天气热得很，他同他新婚的夫人，睡了一会，又从床上走了起来，到朝溪的窗口去纳凉去。灯火已经吹灭了，月光从窗里射了进来。在藤椅上坐下之后，他看见月光射在他夫人的脸上。定睛一看，他觉得她的脸色，同大理白石的雕刻没有半点分别。看了一会，他心里害怕起来，就不知不觉的伸出了右手，摸上她的面去。

“怎么你的面上会这样凉的？”

“轻些儿吧，快三更了，人家已经睡着在那里，别惊醒了他们。”

“我问你，唉，怎么你的面上会一点儿血气都没有的呢？”

“所以我总是要早死的呀！”

听了她这一句话，他觉得眼睛里一霎时的热了起来。不知是什么缘故，他就忽然伸了两手，把她紧紧的抱住了。他的嘴唇贴上她的面上的时候，他觉得她的眼睛里，也有两条同山泉似的眼泪在流下来。他们两人肉贴肉地泣了许久，他觉得胸中渐渐儿的舒爽起来了，望望窗外看，远近都洒满了皎洁的月光。抬头看看天，苍苍的天空里，有一条薄薄的云影，浮在那里。

“你看那天河。……”

“大约河边的那颗小小的星儿，就是我的星宿了！”

“是什么星？”

“织女星。”

说到这里，他们就停着不说下去了。两人默默地坐了一会，他又眼看着那一颗小小的星，低声的对她说：

“我明年未必能回来，恐怕你要比那织女星更苦咧。”

他靠住了大学的铁栏杆，呆呆的尽在那里对了月光追想这些过去的情节。一想到最后的那一句话，他的眼泪更连连续续的流了下来，他的眼睛里，忽然看得见一条溪水来了。

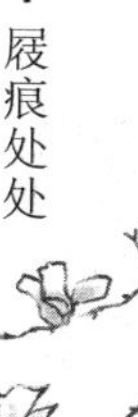

那一口朝溪的小窗，也映到了他的眼睛里来。沿窗摆着的一张漆的桌子，也映到了他的眼睛里来。桌上的一张半明不灭的洋灯，灯下坐着的一个二十岁前后的女子，那女子的苍白的脸色，一双迷人的大眼，小小的嘴唇的曲线，灰白的嘴唇，都映到了他的眼睛里面。他再也支持不住了，摇了一摇头，便自言自语的说："她死了，她是死了，十月二十八日那一个电报，总是真的。十一月初四的那一封信，总也是真的。可怜她吐血吐到气绝的时候，还在那里叫我的名字。"

一边流泪，一边他就站起来走，他的酒已经醒了，所以他觉得有点寒冷。到了这深更半夜，他也不愿意再回到他那同地狱似的寓里去。他原来是寄寓在他的朋友的家里的；他住的楼上，也没有火钵，也没有生气，只有几本旧书，横摊在黄灰色的电灯光里等他；他愈想愈不愿意回去了，所以他就慢慢地走上上野的火车站去。原来日本火车站上的人是通宵不睡的；待车室里，有火炉生在那里；他上火车站去，就是想去烤火去的。

一直的走到了火车站，清冷的路上并没有一个人同他遇见，进了车站，他在空空寂寂的长廊上，只看见两排电灯，在那里黄黄地放光。卖票房里，坐着二三个女事务员，在那里打呵欠，进了二等待车室，半醒半睡地坐了两个钟头，他看看火炉里的火也快完了。远远地有机关车的车轮声传来。车站里也来了几个穿制服的人在那里跑来跑去地跑。等了一会，从东北来的火车到了。车站上忽然热闹了起来，下车的旅客的脚步声同种种的呼唤声，混作了一处，传到他的耳膜上来；跟了一群旅客，他也走出火车站来了。出了车站，他仰起头来一看，只见苍色圆形的天空里，有无数星辰，在那里微动；从北方忽然来了一阵凉风，他觉得冷得难耐的样子。月亮已经下山了。街上有几个早起的工人，拉了车慢慢的在那里行走，各店家的门灯，都像倦了似的还在那里放光。走到上野公园的西边的时候，他忽然长叹了一声。朦胧的灯影里，窸窸窣窣的飞了几张黄叶下来，四边的枯树都好像活了起来的样子，他不觉打了一个冷噤，就默默的站住了。静静儿的听了一会，他觉得四边并没有动静，只有那辘儿的车轮声，同在梦里似的很远很远，断断续续地仍在传到他的耳朵里来，他才知道刚才的不过是几张落叶的声音。他走过观月桥的时候，只见池的彼岸一排不夜的楼台都沉在酣睡的中间，两行灯火，好像在那里嘲笑他的样子。他到家睡下的时候，东方已经灰白起来了。

中

这一天又是一天初冬好天气，午前十一点钟的时候，他急急忙忙的洗了手面，套上了一双破皮鞋，就跑出到外面来。

在蓝苍的天盖下，在和软的阳光里，无头无脑地走了一个钟头的样子，他才觉得饥饿了起来。身边摸摸看，他的皮包里，还有五元余钱剩在那里。半月前头，他看看身边的物件，都已卖完了，所以不得不把他亡妻的一个金刚石的戒指，当入当铺去。他的亡妻的最后的这纪念物，只质了一百六十元钱，用不上半个月，如今也只有五元钱存在了。

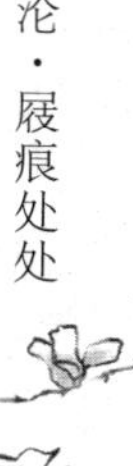

“亡妻呀亡妻，你饶了我吧！”

他凄凉了一阵，羞愧了一阵，终究还不得不想到他目下的紧急的事情上去。他的肚里尽管在那里叽哩咕噜地响。他算算看这五元余钱，断不能到上等的酒馆里去吃得醉饱，所以他就决意想到他无钱的时候常去的那一家酒馆里去。

那一家酒家，开设在植物园的近边，主人是一个五十光景的寡妇，当炉的就是这老寡妇的女儿，名叫静儿。静儿今年已经是二十岁了。容貌也只平常，但是她那一双同秋水似的眼睛，同白色人种似的高鼻，不识是什么理由，使得见过她一面的人，总忘她不了。并且静儿的性于和善得非常，对什么人总是一视同仁，装着笑脸的。她们那里，因为客人不多，所以并没有厨子。静儿的母亲，从前也在西洋菜馆里当过炉的，因此她颇晓得些调羹的妙诀。他从前身边没有钱的时候，大抵总跑上静儿家里去的，一则因为静儿待他周到得很，二则因为他去惯了，静儿的母亲也信用他，无论多少，总肯替他挂账的。他酒醉的时候，每对静儿说他的亡妻是怎么好，怎么好，怎么被他母亲虐待，怎么的染了肺病，死的时候，怎么的盼望他。说到伤心的地方，他每流下泪来，静儿有时候也会陪他落些同情之泪。他在静儿家里进出，虽然还不上两个月，然而静儿待他，竟好像同待几年前的老友一样了。静儿有时候有不快活的事情，也都会告诉他。据静儿说，无论男人女人，有秘密的事情，或者有伤心的事情的时候，总要有一个朋友，互相劝慰的能够讲讲才好。他同静儿，大约就是一对能互相劝慰的朋友了。

半月前头，他也不知道从什么地方听来的消息，只听说静儿"要嫁人去了"。他因为不愿意直接把这话来问静儿，所以他只是默默地在那里观察静儿的行状。因为心里有了这一条疑心，所以他觉得静儿待他的态度，比从前总有些不同的地方。有一天将夜的时候，他正在静儿家坐着喝酒，忽然来了一个三十来岁的男人。静儿见了这男人，就丢下了他，马上去招呼这新来的男子；按理这原也是很平常的事情。静儿走开了，所以他只能同静儿的母亲说了些无关紧要而且是无味的闲话。然而他一边说话，一边却在那里注意静儿和那男人的举动。等了半点多钟，静儿还尽在那里同那男人说笑，他等得不耐烦起来，就同伤弓的野兽一般，匆匆的走了。自从那一天起，到如今却有半个月的光景，他还没有上静儿家里去过。同静儿绝交之后，他喝酒更加喝得厉害，想他亡妻的心思，也比从前更加沉痛了。

"能互相劝慰的知心好友！我现在上那里去找得出这样的一个朋友呢！"

近来他于追悼亡妻之后，总想到这一段结论上去。有时候他的亡妻的面貌，竟会同静儿的混到一处来。同静儿绝交之后，他觉得更加哀伤更加孤寂了。

他身边摸摸看，皮包里的钱只有五元余了。他就想把这事作了口实，跑上静儿的家里去。一边这样的想，一边他又想起了《坦好直》(《Tannhaeuser》）里边的"盍县罢哈"（"Wolfram von Eschenbach"）来。

"千古的诗人盍县罢哈呀！我佩服你的大量。我佩服你真能用高洁的心情来爱'爱利查脱'。"

想到这里，他就唱了两句《坦好直》里边的唱句，说：

Dort ist sie；——nahe dich ihr ungestert！……

So flieht fer dieses Leben

Mir jeder Hoffnung Schein！

（Wagner’s tannhaeuser）

（你且去她的裙边，去算清了你们的相思旧债！）

（可怜我一生孤冷！你看那镜里的名花，又成了泡影！）

念了几遍，他就自言自语的说：

“我可以去的，可以上她的家里去的，古人能够这样的爱他的情人，我难道不能这样地爱静儿么？”

看他的样子，好像是对了人家在那里辩护他目下的行为似的，其实除了他自家的良心以外，却并没有人在那里责备他。

慢慢的走到了静儿家里的时候，她们母女两个，还刚才起来。静儿见了他，对他微微的笑了一脸，就问他说：

“你怎么这许久不上我们家里来？”

他心里想说：“你且问问你自家看吧！”

但是见了静儿那一副柔和的笑容，他什么也说不出来了，所以只回答说：“我因为近来忙得非常。”

静儿的母亲听了他这一句话之后，就佯嗔佯怒的问他说：

“忙得非常？静儿的男人说近来你倒还时常上他家里去喝酒去的呢。”

静儿听了她母亲的话，好像有些难以为情的样子，所以对她母亲说：“妈妈！”

他看了这些情节，就追问静儿的母亲说：

“静儿的男人是谁呀？”

“大学前面的那一家酒馆的主人，你还不知道么？”

他就回转头来对静儿说：

“你们的婚期是什么时候？恭喜你，希望你早早生一个又白又胖的好儿子，我们还要来吃喜酒哩。”

静儿对他呆看了一忽，好像要哭出来的样子。停了一会，静儿问他说：“你喝酒么？”

他听她的声音，好像是在那里颤动似的。他也忽然觉得凄凉起来，一味悲酸，仿佛象晕船的人的呕吐，从肚里挤上了心来。他觉得一句话也说不出口，只能把头点了几点，表明他是想喝酒的意思。他对静儿看了一眼，静儿也对他看了一眼，两人的视线，同电光似的闪发了一下，静儿就三脚两步的跑出外面去替他买下酒的菜去了。

静儿回来了之后，她的母亲就到厨下去做菜去，菜还没有好，酒已经热了。静儿就照常的坐在他面前，替他斟酒，然而他总不敢抬起头来再看她一眼，静儿也不敢仰起头来看他。静儿也不言语，他也只默默的在那里喝酒。两人呆呆的坐了一会，静儿的母亲从厨下叫静儿说：

“菜做好了，你拿了去吧！”

静儿听了这话，却兀地不动身体，他不知不觉的偷看了一眼，静儿好像是在那里落眼泪的样子了。

他胡乱地喝了几杯酒，吃了几盘菜，就歪歪斜斜地走了出来。外边街上，人声嘈杂得很。穿过了一条街，他就走到

了一条清净的路上。走了几步，走上一处朝西的长坡的时候，看看太阳已经打斜了。远远的回转头来一看，植物园内的树林的梢头，都染成了一片绛黄的颜色。他也不知是什么缘故，对了西边地平线上融在太阳光里的远山，和远近的人家的屋瓦上的残阳，都起了一种惜别的心情。呆呆的看了一会，他就回转了身，背负了夕阳的残照，向东的走上了长坡去了。

同在梦里一样，昏昏地走进了大学的正门之后，他忽听见有人在叫他说：

“Y君，你上哪里去！年底你住在东京么？”

他仰起头来一看，原来是他的一个同学。新剪的头发，穿了一套新做的洋服，手里拿了一只旅行的藤箧，他大约是预备回家去过年去的。他对他同学一看，就作了笑容，慌慌忙忙的回答说：

“是的，我什么地方都不去，你回家去过年么？”

“对了，我是回家去的。”

“你见你情人的时候，请你替我问问安吧。”

“可以的，她恐怕也在那里想你咧。”

“别取笑了，愿你平安回去，再会再会。”

“再会再会，哈……”

他的同学走开之后，他一个人冷冷清清地在薄暮的大学园中，呆呆的立了许多时候，好像是疯了似的。呆了一会，他又慢慢的向前走去，一边却自言自语地说：

“他们都回家去了。他们都是有家庭的人。Oh，home！sweet home！”

他无头无脑的走到了家里，上了楼，在电灯底下坐了一会，他那昏乱的脑髓，把刚才在静儿家里听见过的话想了出来：

“不错不错，静儿的婚期，就在新年的正月里了。”

他想了一会，就站了起来，把几本旧书，捆作了一包，不慌不忙地抱那一包旧书拿到了学校前边的一家旧书铺里。办了一个天大的交涉，把几个大天才的思想，仅仅换了九元余钱；有一本英文的诗文集，因为旧书铺的主人，还价还得太贱了，所以他仍旧不卖。

得了九元余钱，他心里虽然在那里替那些著书的天才抱不平，然而一边却满足得很。因为有了这九元余钱，他就可以谋一晚的醉饱，并且他的最大的目的，也能达得到了。——就是用几元钱去买些礼物送给静儿的这一件事情。

从旧书铺走出来的时候，街上已经是黄昏的世界了，在一家卖给女子用的装饰品的店里，买了些丽绷（Ribbon）犀簪同两瓶紫罗兰的香水，他就一直的跑上了静儿的家里。

静儿不在家，她的母亲只一个人在那里烤火。见他又进来了，静儿的母亲好像有些嫌恶他的样子，所以问他说：

“怎么你又来了？”

“静儿上哪里去了？”

“去洗澡去了。”

听了这话，他就走近她的身边去，把怀里藏着的那些丽绷香水等拿了出来，对她说：

“这一些儿微物，请你替我送给静儿，就算作了我送给她的嫁礼吧。”

静儿的母亲见了那些礼物，就满脸装起笑容来说：

“多谢多谢，静儿回来的时候，我再叫她来道谢吧。”

他看看天色已经晚了，就叫静儿的母亲再去替他烫一瓶酒，做几盘菜。他喝酒正喝到第二瓶的时候，静儿回来了。静儿见他又坐在那里喝酒，不觉呆了一呆，就向他说：

“啊，你又……”

静儿到厨下去转了一转，同她的母亲说了几句话，就回到了他的面前。他以为她是来道谢的，然而关于刚才的礼物的话，她却一句也不说，只呆呆的坐在他的面前，尽一杯一杯的在那里替他斟酒。到后来他拚命的叫她添酒的时候，静儿就红了两眼，对他说：

“你不喝了吧，喝了这许多酒，难道还不够么？”

他听了这话，更加痛饮起来了。他心里的悲哀的情调，正不知从哪里说起才好，他一边好像是对了静儿已经复了仇，一边又好像是在那里哀悼自家的样子。

在静儿的床上醉卧了许久，到了半夜后二点钟的时候，他才踉踉跄跄的跑出了静儿的家。街上岑寂得很，远近都洒满了银灰色的月光，四边并无半点动静，除了一声两声的幽幽的犬吠声之外，这广大的世界，好像是已经死绝了的样子。跌来跌去的走了一会，他又忽然遇着了一个卖酒食的夜店。他摸摸身边看，袋里还有四五张五角钱的钞票剩在那里。在夜店里他又重新饮了一个尽量。他觉得大地高天，和四周的房屋，都在那里旋转的样子。倒前冲后的走了两个钟头，他只见他的面前现出了一块大大的空地来。月光的凉影，同各种物体的黑影，混作了一团，映到了他的眼里。

“此地大约已经是女子医学专门学校了吧？”

这样地想了一想，神志清了一清，他的脑里，又起了痉挛，他又不是现在的他了。几天前的一场情景，又同电影似的，飞到了他的眼前。

天上飞满了灰色的寒云，北风紧得很。在落叶萧萧的树影里，他站在上野公园的精养轩的门口，在那里接客。这一天是他们同乡开会欢迎 W 氏的日期，在人来人往之中，他忽然看见了一个十七八岁的女子，穿了女子医学专门学校的制服，不忙不迫的走来赴会。他起初见她面的时候，不觉呆了一呆。等那女子走近他身边的时候，他才同梦里醒转来的人一样，慌慌忙忙走上前去，对她说：

“你把帽子外套脱下来交给我吧。”

两个钟头之后，欢迎会散了，那时候差不多已经有五点钟的光景。出口的地方，取帽子外套的人，挤得厉害。他走下楼来的时候，见那女子还没穿外套，呆呆的立在门口，所以就又走上去问她说：

“你的外套去取了没有？”

“还没有。”

“你把那铜牌交给我，我替你去取吧。”

“谢谢。”

在苍茫的夜色中，他见了她那一副细白的牙齿，觉得心里爽快得非常。把她的外套帽子取来了之后，他就跑过后面去，替她把外套穿上了。她回转头来看了他一眼，就急急的从门口走了出去。他追上了一步，放大了眼睛看了一忽，她那细长的影子，就在黑暗的中间消失了。

想到这里，他觉得她那纤软的身体似乎刚在他的面前擦

去的样子。

“请你等一等吧！”

这样的叫了一声，上前冲了几步，他那又瘦又长的身体，就横倒在地上了。

月亮打斜了。女子医学校前的空地上，又增了一个黑影。四边静寂得很。银灰色的月光，洒满了那一块空地，把世界的物体都净化了。

下

十二月二十六日的早晨，太阳依旧由东方升了起来。太阳的光线，射到牛区役所前的揭示场的时候，有一个区役所的老仆，拿了一张告示，正在贴上揭示场的板去。那一张告示说：

行路病者：

年龄约可二十四五之男子一名，身长五尺五寸，貌瘦，色枯黄，颧骨颇高，发长数寸，乱披额上，此外更无特征。

衣黑色哔叽洋服一袭。衣袋中有Ernest Dowson's Poems and Prose一册，五角钞票一张，白绫手帕一方，女人物也，上有S.S.等略字。身边留有黑色软帽一顶，穿黄色浅皮鞋，左右各已破损了。

病为脑溢血。本月二十六日午前九时，在牛若松町女子医学专门学校前之空地上发见，距死时可四小时。

因不知死者姓名住址，故为代付火葬。

牛区役所示　一九二〇年作

本篇最初连载于一九二一年七月七日——七月十三日的《时事新报》副刊《学灯》。文末原有一英文附记如下：

The reader must bear in mind that this is an imaginary tale after all, the author can not be responsible to its reality. One word, however, must be mentioned here that he owes much obligation to R. L. Stevenson's《A Lodging for the Night》and the life of Ernest Dowson for the plan of this unambitious story.

以上英文附记的意思是：

读者须知，这只是一则虚构的故事，作者毕竟不能对其真实性负责。可是，有一点必须在此提到：这篇没有奢望的小说的构思，取材于史蒂文森的《宿夜》和道生的生平者甚多。

屐痕处处

自序

身体强健，有闲而又有钱的人，出去游山玩水，当然是一件极快乐的事情。每见古人记游或序人记游，头上总要说一句“余性好游”的开场白，读了往往想哄笑出来，因为我想，狗尚且好游，人岂有不好游的道理?

孙文定公在《南游记》的头上，历说了些游的作用：“游亦多术矣，昔禹乘四载，刊山通道以治水；孔子孟子，周游列国以行其道；太史公览四海名山大川，以奇其文；他如好大之君，东封西狩以荡心；山人羽客，穿幽极远以行怪；士人京宦之贫而无事者，投刺四方以射财”，以表明他自己的出游，是为了“以写我忧”。然而我的每次出游，大抵连孙文定公那样清高的目的都没有的，一大半完全是偶然的结果。因而写下来的游记，也乱七八糟，并无系统。

近年来，四海升平，交通大便，象我这样的一垛粪土之墙，也居然成了一个做做游记的专家——最近的京沪杭各新闻纸上，曾有过游记作家这一个名词，——于是乎去年秋天，

就有了浙东之行，今年春天，又有了浙西安徽之役。然而黄山绝顶，一度也不曾登；雁荡天台，梦里也未曾到；况且此外，还有昆仑五岳，万国九洲，算将起来，区区的游迹，只好说是从卧房到了厨下，或从门房到了大厅的一点点路，说游真正还说不上。不过室内旅行，也可作记，少文晚岁，欲卧而游；那么，我的游记，自然也不妨收集起来，作一次对徐霞客的东施之效。更何况印行权——并非版权——一行出卖，还有几百块钱的黄白物好收呢！

将稿子收集好了以后，就想造出一个好听一点的书名来，以骗读者；叫作《达夫游记》哩，似乎太僭；叫作《山水游踪》哩，又似乎太雅；考虑了几天，更换了几次，最后我才决定了一个既不僭，又不雅，但也不俗的名字，叫作《屐痕处处》。

末后的一篇《黄山札要》，是这一次想去黄山时的夹带，然而带而不用，弃之可惜，所以一并收入了；附录的一篇黄秋宜的《黄山纪游》全文，只好算是大夹带之中的小夹带而已。

一九三四年五月达夫记

杭江小历纪程

一九三三年十一月九日，星期四，晴爽。

前数日，杭江铁路车务主任曾荫千氏，介友人来谈，意欲邀我去浙东遍游一次，将耳闻目见的景物，详告中外之来浙行旅者，并且通至玉山之路轨，已完全接就，将于十二月底通车，同时路局刊行旅行指掌之类的书时，亦可将游记收入，以资救济 Baedeker 式的旅行指南之干燥。我因来杭枯住日久，正想乘这秋高气爽的暇时，出去转换转换空气，有此良机，自然不肯轻易放过，所以就与约定于十一月九日渡江，坐夜车起行。

午后五时，赶到三廊庙江边，正夕阳晻暖，萧条垂暮的时候。在码头稍待，知约就之陈万里郎静山二先生，因事未来。登轮渡江，尚见落日余晖，荡漾在波头山顶，就随口念出了：落日半江红欲紫，几星灯火点西兴。的两句打油腔。

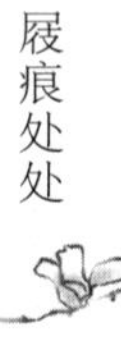

渡至中流，向大江上下一展望，立时便感到了一种莫名其妙的愉快，大约是因近水遥山，视界开扩了的缘故；"心旷神怡"的四字在这里正可以适用，向晚的钱塘江上，风景也正够得人留恋。

到江边站晤曾主任，知陈、郎二先生，将于十七日来金华，与我们会合，因五泄、北山诸处，陈先生都已到过，这一回不想再去跋涉，所以夜饭后登车，车座内只有我和曾主任两人而已。

两人对坐着，所谈者无非是杭江路的历史和经营的苦心之类。

缘该路的创设，本意是在开发浙东；初拟的路线，是由杭州折向西南，遵钱塘江左岸，经富阳、桐庐、建德、兰溪、龙游、衢县、江山而达江西之玉山，以通信江，全线约长三百零五公里。后因大江难越，山洞难开，就改成了目下的路线，自钱塘江右岸西兴筑起，经萧山、诸暨、义乌、金华、汤溪、龙游、衢县、江山，仍至江西之玉山，计长三百三十三公里；又由金华筑支线以达兰溪，长二十二公里。建筑经费，因鉴于中央财政之拮据，就先由地方设法，暂作为省营的铁路。省款当然也不能应付，所以只能向管理中英庚款董事会及沪杭银行团等商借款项，以资挹注。正唯其资本筹借之不易，所以建筑、设备等事项，也不得不力谋省俭，勉求其成。计自民国十八年筹备开始以来，因省政府长官之更易而中断之年月也算在内，仅仅于两三年间，筑成此路。而每公里之平均费用，只三万余元，较之各国有铁路，费用相差及半，路局同人的苦心计划，也真可以佩服的了。

江边七点过开车，达诸暨是在夜半十点左右。车站在城北两三里的地方，头一夜宿在诸暨城内。

诸暨五泄

十一月十日，星期五，晴快。

昨晚在夜色微茫里到诸暨，只看见了些空空的稻田，点点的灯火，与一大块黑黝黝的山影。今晨六时起床，出旅馆门，坐黄包车去五泄，虽只晨光晞暝，然已略能辨出诸暨县城的轮廓。城西里许有一大山障住，向西向南，余峰绵亘数十里，实为胡公台，亦即所谓长山者是。长山之所以称胡公台者，因长山中之一峰陶朱山头，有一个胡公庙在，是祀明初胡大将军大海的地方。五泄在县西六十里，属灵泉乡，所以我们的车子，非出北门，绕过胡公台的山脚，再朝西去不行。

出城将十里，到陶山乡的十里亭，照例黄包车要验票，这也是诸暨特有的一种组织。因为黄包车公司，是一大集股的民营机关，所有乡下的行车道路，全系由这公司所修筑；车夫只须觅保去拉，所得车资，与公司分拆，不拉休息者不必出车租；所以坐车者，要先向公司去照定价买票，以后过一程验一次，虽小有耽搁，但比之上海杭州各都市的讨价还价，却简便得多。过陶山乡，太阳升高了，照出了五色缤纷的一大平原，乌桕树刚经霜变赤，田里的二次迟稻——大半是糯谷——有的尚未割起，映成几片金黄，远近的小村落，晨炊正忙，上面是较天色略白的青烟，而下面却是受着阳光带一些些微红的白色高墙。长山的连峰，缭绕在西南，北望

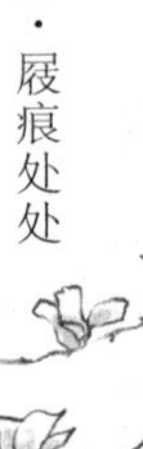

青山一发，牵延不断，按县志所述，应该是杭乌山的余脉，但据车夫所说，则又是最高峰鸡冠山拖下来的峰峦。

从十里亭起，八里过大唐庙，四里过福缘桥，桥头有合溪亭，一溪自五泄西来，一溪又自南至，到此合流。又三里到草塔，是一大镇，尽可以抵得过新登之类的小县城，市的中心，建有数排矮屋，为乡民集市之所，形状很象大都市内的新式菜场。草塔居民多赵姓，所以赵氏宗祠，造得很大，市上当然又有一验票处。过此是五泉庵，遥望杨家溇塔，数里到避水岭，已经是五泄的境界了。

避水岭上，有一个庙，庙外一亭，上书“第一峰”三字。岭下北面，就是五泄溪。登岭西望，低洼处，又成一谷，五泄的胜景，到此才稍稍露出了面目；因为过岭的一条去路，是在山边开出，向右手下望谷中，有红树青溪，象一个小小的公园。岭西山脚下，兀立着一块岩石，状似人形，车夫说：

“这就是石和尚，从前近村人家娶媳妇，这和尚总要先来享受初夜权，后来经村人把和尚头凿了，才不再作怪。”

大约县志上所说的留仙石，上镌有“谢元卿结茅处”六字的地方，总约略在这一块石壁的近旁。

自第一峰——避水岭——起，西行多小山，过一程，就是一环山，再过一程，又是一个阪；人家点点，山影重重，且时常和清流澈底的五泄溪或合或离，令人有重见故人之感。过西墙弄的桥边，至里坞下朱，眼界又一广；经徐家山下，到青口镇，黄包车就不能走了，自青口至五泄的十余里，因为溪水纵横，山路逼仄，车路不很容易修建，所以再往前进，就非步行或坐轿子不可。

自青口去，渡溪一转弯，就到夹岩。两壁高可百丈，兀立在溪的南北，一线清溪，就从这岩层很清的绝壁底下流过。仰起来看看岩头，只觉得天的小，俯下去看看水，又觉得溪的颜色有点清里带黑，大约是岩壁过高，壁影覆在水面上的缘故。我虽则没有到过来茵、多瑙的河边，但立在夹岩中间，回头一望，却自然而然的想起了学习德文的时候，在海涅的名诗《洛来拉兮》篇下印在那里的那张美国课本上的插画。

夹岩北壁中，有一个大洞，洞中间造了一个庙，这庙的去路，是由夹岩寺后的绝壁中间开凿出来的，我们爬了半天，滑跌了几次，手里各捏了两把冷汗，几乎喘息到回不过气来，才到了洞口；到洞一望，方觉悟到这一次爬山的真不值得。因为从谷底望来，觉得这洞是很高，但到洞来一看，则头上还是很高的石壁，而对面的那块高岩，依旧同照壁似的障在目前，展望不灵，只看见了几丝在谷底里是很不容易见到的日光而已。

从夹岩西北进，两三里路中间，是五泄的本山了；一步一峰，一转一溪，山峰的尖削，奇特，深幽，灵巧，从我所经历过的山水比较起来，只有广西肇庆以西的诸峰岩，差能和它们比比，但秀丽怕还不及几分。

好事的文人，把五泄的奇岩怪石，一枝枝都加上了一个名目，什么石佛岩啦，檀香窟啦，朝阳峰，碧玉峰，滴翠峰，童子峰，老人峰，狮子峰，卓笔峰，天柱峰，棋盘峰，……峰啦，多到七十二峰，二十五岩，一洞，三谷，十石，等等，真象是小学生的加法算学课本，我辨也辨不清，抄也抄不尽了，只记一句从前徐文长有一块石碣，刻着“七十二峰深处”

的六字，嵌在五泄永安禅寺的壁上——现在这石碣当然是没有了——其余的且由来游的人自己去寻觅拟对吧！

五泄寺，就是永安禅寺，照志书上说，是唐元和三年灵默禅师之所建。后来屡废屡兴，名字也改了几次，这些考据家的专门学问，我们只能不去管它；可是现在的寺的组织，却真有点奇怪。寺里的和尚并不多，吃肉营生——造纸种田——同俗人一点儿也没有分别，只少了几房妻妾，不生小孩，买小和尚来继承的一事，和俗人小有不同。当家和尚，叫做经理，我们问知客的那位和尚以经理僧在那里呢？他又回答说：上市去料理事务去了。寺的规模虽大，但也都坍败得可以，大雄宝殿，山门之类，只略具雏形，惟独所谓官厅的那一间客厅，还整洁一点，上面挂着有一块刘墉写的“双龙湫室”的旧匾，四壁倒也还有许多字画挂在那里。

在客厅西旁的一间小室里吃过饭后，和尚就陪我们去看五泄；所谓五泄者，就是五个瀑布的意思，土人呼瀑布为泄，所以有这一个名称，最下的第五泄，就在寺后西北的坐山脚下，离寺约有三百多步样子，高一二十丈，宽只一二丈，因为天晴得久了，泄身不广，看去也只是一个平常的瀑布而已。奇怪的是在这第五泄上面的第一,二,三,四各泄，一道溪泉，从北面西面直流下来，经过几折山岩，就各成了样子，水量、方向各不相同的五个瀑布。我们爬山过岭，走了半天，才看见了一,二,三的三个瀑布，第四泄却怎么也看不到。凡不容易见到的东西，总是好的，所以游客，各以见到了第四泄为夸，而徐霞客、王思任等做的游记，也写得它特别的好而不易攀登。总之，五泄原是奇妙，可是五泄的前后上下，一路上的山色溪光，我觉得更是可爱。至如西龙潭——我们所去的地方，即五泄所在之处，名东龙潭——的更幽更险，第一泄上刘龙子庙前的自成一区，北上山巅，站在响铁岭岭头眺望富阳紫阆的疏散高朗，那又是锦上之花，弦外之音了，尤其是寺前去西龙潭的这一条到浦江的路上的风光，真是画也画不出来，写也写不尽言的。

上面曾说起了刘龙子的这一个名字，所谓刘龙坪者，是五泄山中的一区特异的世外桃源。坪上平坦，有十几二十亩内外的广阔，但四周围却都是高山，是山上之山，包围得紧紧贴贴；一道溪泉，从山后的紫阆流来，由北向西向南，复折回来，在坪下流过，成了第一泄的深潭；到了这里，古人的想象力就起了作用，创造出神话来了；万历《绍兴府志》说：

> 晋时刘姓一男子，钓于五泄溪，得骊珠吞之，化龙飞去，人号刘龙子，其母墓在撞江石山，每清明龙子来展墓，必风雨晦暝；墓上松两株，至今奇古可爱，相传为龙子手植云。

同这一样的传说，凡在海之滨，山之瀑，与夫湖水江水深大的地方，处处都有，所略异者，只名姓年代及成龙的原因等稍有变易而已。

我们因为当天要赶到县城，以后更有至闽边赣边去的预定，所以在五泄不能过夜，只走马看花，匆匆看了一个大概；大约穷奇探胜，总要三五日的工夫，在五泄寺打馆方行，这么一转，是不能够领略五泄的好处的。出寺从原路回来，从

青口再坐黄包车跑回县治，已经是暗夜的七点钟了；这一晚又在原旅馆住了一宵。

诸暨苎萝村

十一月十一日，星期六，晴朗如前。

昨夜因游倦了，并去诸暨城隍庙国货商场的游艺部看了一些戏，所以起来稍迟。去金华的客车，要近午方开，八点钟起床后，就出南门上苎萝山去偷闲一玩。出城行一二里，在五湖闸之下，有一小山，当浦阳江的西岸，就是白阳山的支峰苎萝山，山西北面是苎萝村，是今古闻名的美人西施的生地。有人说，西施生在江的东面金鸡山下郑姓家，系由萧山迁来的客民之女，外祖母在江的西面姓施，西施寄住在外祖母家，所以就生长在苎萝村里。幼时常在江边浣纱，至今苎萝山下，江边石上，还有晋王羲之写的“浣纱”两字，因此，这一段江就名作浣纱溪。古今来文人墨客，题诗的题诗，考证的考证，聚讼纷纭，到现在也还没有一个判决，妇人的有关国运，易惹是非，类都如此。

苎萝山，系浣纱江上的一枝小山，溪水南折西去，直达浦江，东面隔江望金鸡山，对江可以谈话。苎萝山上进口处有“古苎萝村”四字的一块小木牌坊，进去就是西施庙，朝东面江，南面新建一阁，名北阁，中供西施石刻像一尊。经营此庙者，为邑绅清孝廉陈蔚文先生，庙中悬挂着的匾额对联石刻之类，都是陈先生的手笔。最妙者，是几块刻版的拓本，内载乩盘开沙时，西施降坛的一段自白，辩西施如何的忠贞两美，与夫范蠡献西施，途中历三载生子及五湖载去等事的诬蔑不通。庙前有洋楼三栋，本为图书馆，现在却已经锁起不开了。

管西施庙的，是一位中老先生。这位先生，是陈氏的亲戚，很能经营。陪我们入座之后，献茶献酒，殷勤得不得了；最后还拿出几张纸来，要我们留一点墨迹。我于去前山看了未完成的烈士墓及江边镌有“浣纱”两字的浣纱石后，就替他写了一副对，一张立轴。对子上联是定公诗“百年心事归平淡”，下联是一句柳亚子先生题我的《薇蕨集》的诗，“十载狂名换苎萝”。亚子一生，唯慕龚定庵的诡奇豪逸，而我到此地，一时也想不出适当的对句，所以勉强拉拢了事，就集成了此联。立轴上写的，是一首急就的绝句：

> 五泄归来又看溪，浣纱遗迹我重题，
> 陈郎多事搜文献，施女何妨便姓西。

暗中盖也有一点故意在和陈先生捣乱的意思。

玩苎萝山回来，十一点左右上杭江路客车，下午三点前，过义乌。车路两旁的青山沃野，原美丽得不可以言喻，就是在义乌的一段，夕阳返照，红叶如花，农民驾使黄牛在耕种的一种风情，也很含有着牧歌式的画意；倚窗呆望，拥鼻微吟，我就哼出了这样的二十八字：

> 骆丞草檄气堂堂，杀敌宗爷更激昂，
> 别有风怀忘不得，夕阳红树照乌伤。

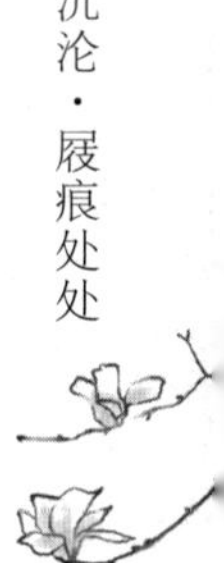

骆宾王，宗泽，都是义乌人。而义乌金华一带系古乌伤地，是由秦孝子颜乌的传说而来的地名。

下午三点过，到金华，在金华双溪旁旅馆内宿，访旧友数辈，明日约共去北山。

金华北山

十一月十二日，星期日，晴。

金华的地势，实在好不过。从浙江来说，它差不多是坐落在中央的样子。山脉哩，东面是东阳义乌的大盆山的余波，为东山区域；南接处州，万山重迭，统名南山；西面因有衢港钱塘江的水流密布，所以地势略低；金华江蜿蜒西行，合于兰溪，为金华的唯一出口，从前铁道未设的时候，兰溪就是七省通商的中心大埠。北面一道屏障，自东阳大盆山而来，绵亘三百余里，雄镇北郊，遥接着全城的烟火，就是所谓金华山的北山山脉了。

北山的名字，早就在我的脑里萦绕得很熟，尤其是当读《宋学师承》及《学案》诸书的时候，遥想北山的幽景，料它一定是能合我们这些不通世故的蠹书虫口味的。所以一到金华，就去访北山整理委员会的诸公，约好于今日侵晨出发；绳索，汽油灯，火炬，电筒，食品之类，统托中国旅行社的姜先生代为办好，今早出迎恩门北去的时候，七点钟还没有敲过。

北山南面的支峰距城只二十里左右，推算起北山北面的山脚，大约总在七八十里以外了；我们一出北郊，腰际被晓烟缠绕着的北山诸顶，就劈面迎来，似在监视我们的行动。芙蓉峰尖若锥矢，插在我们与北山之间，据说是县治的主脉。十里至罗店，是介在金华与北山正中的一大村落。居民于耕植之外，更喜莳花养鹿，半当趣味，半充营业，实在是一种极有风趣的生涯。花多株兰，茉莉，剑兰，亦栽佛手；据村中人说，这些植物，非种入罗店之泥不长，非灌以双龙之泉不发，佛手树移至别处，就变作一拳，指爪不分了。

自罗店至北山，还有十里，渐入山区，且时时与自双龙洞流出的溪水并行；路虽则崎岖不平，但风景却同嚼蔗近根时一样，渐渐地加上了甜味。到华溪桥，就已经入了山口，右手一峰，于竹叶枫林之内，时露着白墙黑瓦，山顶上还有人家。导游者北山整理委员黄君志雄，指示着说：

"这就是白望峰，东下是鹿田，相传宋玉女在这近边耕稼，畜鹿，能入城市贸易，村民邀而杀之，鹿遂不返，玉女登峰白望，因有此名，玉女之坟，现在还在。"

这真是多么美丽的传说啊！一个如花的少女，一只驯良的花鹿，衔命入城，登峰遥望，天色晚了，鹿不回来，一声声的愁叹，一点点的泪痕，最后就是一个抑郁含悲的死！

过白望峰后，路愈来愈窄，亦愈往上斜，一面就是万丈的深溪，有几处泡沫飞溅，象六月里的冰花；溪里面的石块，也奇形怪状，圆滑的圆滑，扁平的扁平，我想若把它们搬到了城里，则大的可以镶嵌作屏风装饰，小的也可以做做小孩的玩物。可是附近的居民，于见惯之后，倒也并不以为希奇了。沿溪入山，走了一二里的光景，就遇着了一块平地，正当溪的曲处；立在这一块地上，东西北三面的北山苍翠，自

然是接在眉睫之间，向南远眺，且可以看见南山的一排青影，北山整理委员会的在此建佛寿亭，识见也真不错；只亭未落成，不能在亭上稍事休息，却是恨事。从这里再往前进，山路愈窄亦愈曲，不及二里，就到了洞口的小村，双龙洞离这村子，只有百余步路了，我们总算已经到了我们的目的地点。

北山长三百余里，东西里外数十余峰，溪涧，池泉，瀑布，山洞，不计其数；但为一般人所称道，凡游客所必至，与夫北山整理委员会第一着着手整理之处，就是道书所说的“第三十六洞天”的朝真，冰壶，双龙的山洞。三洞之中，朝真最大，亦最高，洞系往上斜者，非用梯子，不能穷其底，中为冰壶，下为双龙。

我们到双龙洞，已将十一点钟。外洞高二十余丈，广深各十余丈，洞口极大，有东西两口，所以洞内光线明亮，同在屋外一样。整理委员会正在动工修理，并在洞旁建造金华观，洞中变成了作场的样子；看了些碑文、石刻之后，只觉得有点伟大而已，另外倒也说不出什么的奇特。洞中间，有一道清泉流出，岁旱不涸，就是所谓双龙泉水，溯泉而进，是内洞了。

原来这一条泉水，初看似乎是从地底涌出来似的，水量极大；再仔细一看，则泉上有一块绝大的平底岩石覆在那里，离水面只数寸而已。用了一只浴盆似的小木船，人直躺在船底，请工人用绳索从水中岩石底推挽过去，岩石几乎要擦伤鼻子，推进一二丈路，岩石尽，而大洞来了，洞内黑到了能见夜光表的文字，这就是里洞。

里洞高大和外洞差仿不多，四壁琳琅，都是钟乳岩石，点上汽油灯一照，洞顶有一条青色一条黄色的岩纹突起，绝象平常画上的龙，龙头龙爪龙身，和画丝毫不爽，青龙自东北飞舞过来，黄龙自西北蜿蜒而至。向西钻过由钟乳石结成的一道屏壁间的小门，内进曲折，有一里多深；两旁石壁，青白黄色的都有，形状也歪斜迭皱，有象象身的，有象狮子的，有象凤尾的，有象千缕万线的女人的百裥裙的，更有一块大石象乌龟的；导游的黄君，一一都告诉我了些名字，可惜现在记不清了。这里洞内一里多深的路，宽广处有三五丈，狭的地方，也有一二丈。沿外壁是一条溪泉，水声淙淙，似在奏乐；更至一处离地三尺多高的小岩穴旁，泉水直泻出来，形成了一个盆景里的小瀑布。洞的底里，有一处又高又圆方的石室，上视室顶，象一个钟乳石的华盖，华盖中央，下垂着一个球样的皱纹岩。

这里洞的两壁，唐宋人的题名石刻很多，我所见到的，以庆历四年的刻石为最古。石室内的岩上，且有明万历年间游人用墨写的“卧云”两字题在那里，墨色鲜艳，大家都疑它是伪填年月的，但因洞内空气不流通，不至于风化，或者是真的也很难说。清人题壁，则自乾隆以后，绝对没有了，盖因这里洞，自那时候起，为泥沙淤塞了的缘故。这一次旧洞新辟，我们得追徐霞客之踪，而来此游览者，完全要感谢北山整理委员会各委员的苦心经营，而黄委员志雄的不辞劳瘁，率先入洞，致有今日，功尤不小。

在洞里玩了一个多钟头，拓了二张庆历四年的题名石刻，就出来在外洞中吃午饭；饭后更上山，走了二三百步，就到了中洞的冰壶洞口。

冰壶洞，口极小，俯首下视，只在黑暗中看得出一条下斜的绝壁和乱石泥沙。弓身从洞口爬入，以长绳系住腰际，滑跌着前行，则愈下愈难走，洞也愈来得高大。

前行五六十步，就在黑暗中听得出水声了，再下去三四十步，脸上就感得到点点的飞沫。再下降前进三五十步，洞身忽然变得极高极大，飞瀑的声音，振动得耳膜都要发痒。瀑布约高十丈左右，悬空从洞顶直下，瀑身下广，瀑布下也无深潭，也无积水，所以人可以在瀑布的四周围行走。走到瀑布的背后，旋转身来，透过瀑布，向上向外一望，则洞口的外光，正射着瀑布，象一条水晶的帘子，这实在是天下的奇观，可惜下洞的路不便，来游者都不能到底，一看这水晶帘的绝景。

总之冰壶洞象一只平常吃淡芭菇的烟斗，口小而下大。在底下装烟的烟斗正中，又悬空来了一条不靠石壁流下的瀑布。人在大烟斗中走上瀑布背后，就可以看见烟嘴口的外光。瀑布冲下，水全被沙石吸去，从沙石中下降，这水就流出下面的双龙洞底，成为双龙泉水的水源。

因为在冰壶洞里跌得全身都是烂泥沙渍，并且脚力也不继了，所以最上面的朝真洞没有去成。据说三洞之中，以朝真洞为最大，但系一层一层往上进的，所以没有梯子，也难去得。我想山的奇伟处，经过了冰壶双龙的两洞，也总约略可以说说了，舍朝真而不去，也并没有什么大的遗憾。

在北山回来的路上，我们又折向了东，上芙蓉峰西的凤凰山智者寺去看了一回陆放翁写的《重修智者广福禅寺碑记》。碑面风化，字迹已经有一大半剥落，唯碑后所刻的陆务观致智者玘公禅师手牍，还有几块，尚辨认得清。寺的衰颓坍毁，和徐霞客在《游记》里所说的情形一样；三百年来，这寺可又经过了一度沧桑了。

北山的古迹名区，我们只看了十分之一，单就这十分之一来说，可已经是奇特得不得了了；但愿得天下太平，身体康健，北山整理会诸公工作奋进，则每岁春秋佳日，当再约伴重来，可以一尽鹿田，盘泉，讲堂洞，罗汉洞，卧羊山，赤松山，洞箬山，白兰山诸地的胜概。

兰溪横山

十一月十三日，星期一，晴快。

昨晚因游北山倦了，所以早睡，半夜梦醒，觉得是身睡在山洞的中间，就此一点，也可以证明山洞给我的印象的深刻。

晨起匆匆整装，上车站坐轨道汽车去兰溪。走了个把钟头，车只是在沿了北山前进，盖金华山的西头，要到兰溪才尽，而东头的金华山，则已于前日自诸暨来金华时火车绕过。此次南来，总算绕了金华山一匝，虽然事极平常，但由我这初次到浙东来游的野人看来，却也可以同小孩子似的向人夸说了。

在兰溪吃过午饭，就出西门江边，雇了一只小船，划上隔江西南面的横山兰阴寺去。

这横山并不高，也不长，状似棱形，从东面兰溪市上看来，一点儿也没有什么可取，但身到了此山，在东头灵源庙

前上船，绕过南面一条沿江的山道，到兰阴寺前的小峰上去一望，就觉得风景的清幽潇洒，断不是富春江的只有点儿高远深静的山容水貌所能比得上的了。先让我来说明一下这横山的地势，然后再来说它的好处。

衢港远自南来，至兰溪而一折，这横山的石岩，就凭空突起，挡住了衢港的冲。东面呢，又是一条金华江水，迤逦西倾，到了兰溪南面，绕过县城，就和衢港接成了一个天然的直角。两水合并，流向北去，就是兰溪江，建德江，再合徽港，东北流去成了富春钱塘的大江。所以横山一朵，就矗立在三江合流的要冲，三面的远山，脚下的清溪，东南面隔江的红叶，与正东稍北兰溪市上的人家，无不一一收在眼底，像是挂在四面用玻璃造成的屋外的水彩画幅。更有水彩画所画不出来的妙处哩，你且看看那些青天碧水之中，时时在移动上下的一面一面的同白鹅似的帆影看，彩色电影里的外景影片，究竟有那一张能够比得上这里？还有一层好处，是在这横山的去兰溪市的并不很远。以路来讲，大约只不过三五里路的间隔，以到此地来游的时间来说，则只须有两个钟头，就可以把兰溪的全市及附近的胜景，霎时游望尽了。

横山上有一个灵源庙，在东头山脚，前面已经说过了；朝南的山腰里，还有一个兰阴寺，说是正德皇帝到过的地方，现在寺前石壁里，还有正德御笔的“兰阴深处”四个大字刻在那里；寺上面一层，是一个观音阁，说是尼姑的庵；最上是山顶，一个钟楼，还没有建造成功哩。

大抵的游客，总由杭江路而至兰溪，在兰溪一宿，看看花船，第二天就匆匆就道，去建德桐庐，领略富春江的山水，对于这近在目前的横江，总只隔江一望，弃而不顾，实在是一件大可惋惜的事情。大约横山因外貌不佳，所以不能引人入胜，“蓬门未识绮罗香”，贫女之叹，在山水中间也是一样。

晚上有人请客，在三角洲边，江山船上吃晚饭。兰溪人应酬，大抵在船上，与在菜馆里请客比较起来，价并不贵，而菜味反好，所以江边花事，会历久不衰，从前在建德桐庐富阳闻家堰一带，直至杭州，各埠都有花舫，现在则只剩得兰溪衢州的几处了，九姓渔船，将来大约要断绝生路。

兰溪洞源

十一月十四日，星期二，晴朗。

去兰溪东面的洞源山游。

出兰溪城，东绕大云山脚，沿路轨落北，十里过杨清桥，遵溪向北向东，五里至山口，三里至洞源山之栖真寺。寺是一个前朝的古刹，下有赵太史读书处，书堂后面有一方泉水，名天池；寺右侧，直立着一块岩石，名飞来峰，这些都还平常；洞源山的出名，也是和北山一样，系以洞著的。

这山当然是北山的余脉，山石也都是和北山一系的石灰水成岩，所以洞窟特别的多。寺前山下石灰窑边上，有涌雪洞，泉水溢出，激石成沫，状似涌雪，也是一个奇观，但我们因领路者不在，没有到。

寺后秃山丛里，有呵呵洞，因洞中有瀑布，呵呵作响，故名。再上山二里，有无底洞，是走不到底的。更西去里余，为白云洞。

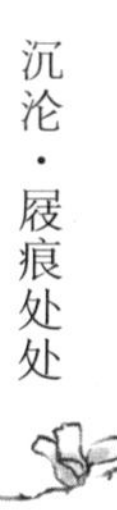

我们因为在北山已经见识过山洞的奇伟了，所以各洞都没有进去，只进了一个在山的最高处的白云洞。白云洞洞口并不小，但因有一块大石横覆在口上，所以看去似乎小了，这石的面积，大约有三四丈长，一二丈宽，斜覆在洞口的正中，绝似一只还巢的飞燕。进洞行数十步，路就曲折了起来，非用火炬照着不能前进，略斜向下，到底也有里把路深。洞身并不广，最宽的地方，不过两三丈而已，但因洞身之窄，所以仰起头来看看洞顶，觉得特别的高，毛约约，大约可有二三十丈。洞顶洞壁，都是白色的钟乳层，中间每嵌有一块一块的化石；钟乳层纹，一套一套像云也像烟，所以有白云洞的名称。这洞虽比不上北山三洞的规模浩大，但形势却也不同，在兰溪多住了一天，看了这一个洞，算来也还值得。

栖真寺后殿，有藏经楼，中藏有明代《大藏经》半部，纸色装潢完好如新，还有半部，则在太平天国的时候毁去了。大殿的佛座下，嵌有明代诸贤的题诗石碣，叶向高的诗碣数方，我们自己用了半日的工夫，把它拓了下来。

饭后向寺廊下一走，殿外壁上看见了傅增湘先生的朱笔题字数行，更向壁间看了许多近人的题咏，自己的想附名胜以传不朽的卑劣心也起来了，因而就把昨夜在兰溪做的一个臭屁，也放上了墙头：

红叶清溪水急流，兰江风物最宜秋，
月明洲畔琵琶响，绝似浔阳夜泊舟。

放的时候，本来是有两个，另一个为：

阿奴生小爱梳妆，屋住兰舟梦亦香，
望煞江郎三片石，九姑东去不还乡。

闻江山的江郎山，有三片千丈的大石，直立山巅，相传是江郎兄弟三人入山成仙后所化。花船统名江山船，而世上又只传有望夫石，绝未闻有望妻者，我把这两个故事拉在一处，编成小调，自家也还觉得可以成一个小玩意儿，但与栖真寺的墙壁太无关了，所以不写上去。

龙游小南海

十一月十五日，星期三，仍晴。

晨起出旅馆，上兰溪东城的大云山揽胜亭去跑了一圈。山上山下有两个塔，上塔在仓圣庙前，下塔在江边同仁寺里。南面下山就是兰溪的义渡，过江上马公嘴去的；自兰溪去龙游的公共汽车站，就在江的南岸。

午前十点钟上汽车去龙游（按当日我系由兰溪绕道至龙游，所以坐的是公共汽车；如果由杭州前往，可乘火车直达，不必再换汽车），正午到，在旅馆中吃午饭后就上城北五里路远的小南海去瞻望竹林禅寺。寺在凤凰山上，俗呼童檀山，下有茶圩村，隔瀫水和东岸的观音前村相对。瀫水西溪和龙游江的上游诸水，盘旋会合在这凤凰山下，所以沿水岸再向北，一二里路，到一突出的岩头上——大约是瀫波亭的旧址——去向南远望，就可以看得出衢州的千岩万壑和近乡的烟树溪流，这又是一幅王摩诘的山水横额。溪中岩石很多，

突出在水底，了了可见，所以水上时有瀫纹，两岸的白沙青树，倒影水中，和瀫纹交互一织，又像是吴绫蜀锦上的纵横绣迹。小南海的气概并不大，竹林禅院的历史也并不古——是光绪二十七年辛丑僧妙寿所建，新旧《龙游县志》都不载——但纤丽的地方，却有点象六朝人的小品文字。

明汤显祖过凤凰山，有一首诗，载在《县志》上：

系舟犹在凤凰山，千里西江此日还，
今夜销魂在何处，玉岑东下一重湾。

我也在这貂后续上了一截狗尾：

瀫水矶头半日游，乱山高下望衢州，
西江两岸沙如雪，词客曾经此系舟。

题目是《凤凰山怀汤显祖》。

夜在龙游宿，并且还上城隍庙去看了半夜为募捐而演的戏。龙游地方银行的吴、姜诸公，约于明日中午去吃龙游的土菜，所以三叠石，乌石山等远处，是不能去了。

浙东景物纪略

方岩纪静

方岩在永康县东北五十里。自金华至永康的百余里，有公共汽车可坐，从永康至方岩就非坐轿或步行不可；我们去的那天，因为天阴欲雨，所以在永康下公共汽车后就都坐了轿子，向东前进。十五里过金山村，又十五里到芝英，是一大镇，居民约有千户，多应姓者；停轿少息，雨愈下愈大了，就买了些油纸之类，作防雨具。再行十余里，两旁就有起山来了，峰岩奇特，老树纵横，在微雨里望去，形状不一，轿夫一一指示说：

"这是公婆岩，那是老虎岩，……老鼠梯。"等等，说了一大串，又数里，就到了岩下街，已经是在方岩的脚下了。

凡到过金华的人，总该有这样的一个经验，在旅馆里住下后，每会有些着青布长衫，文质彬彬的乡下先生，来盘问你：

"是否去方岩烧香的？这是第几次来进香了？从前住过那一家？"

你若回答他说是第一次去方岩，那他就会拿出一张名片来，请你上方岩去后，到这一家去住宿。这些都是岩下街的房头，像旅店而又略异的接客者。远在数百里外，就有这些派出代理人来兜揽生意，一则也可以想见一年到头方岩香市之盛，一则也可以推想岩下街四五百家人家，竞争的激烈。

岩下街的所谓房头，经营旅店业而专靠胡公庙吃饭者，总有三五千人，大半系程、应二姓，文风极盛，财产也各可观，房子都系三层楼。大抵的情形，下层系建筑在谷里，中层沿街，上层为楼，房间一家总有三五十间，香市盛的时候，听说每家都患人满。香客之自绍兴、处州、杭州及近县来者，为数固已不少，最远者，且有自福建来的。

从岩下街起，曲折再行三五里，就上山；山上的石级是数不清的，密而且峻，盘旋环绕，要走一个钟头，才走得到胡公庙的峰门。

胡公名则，字子正，永康人，宋兵部侍郎，尝奏免衢、婺二州民丁钱，所以百姓感德，立庙祀之。胡公少时，曾在方岩读过书，故而庙在方岩者为老牌真货。且时显灵异，最著的，有下列数则：

> 宋徽宗时，寇略永康，乡民避寇于方岩，岩有千人坑，大藤悬挂，寇至，缘藤而上，忽见赤蛇啮藤断，寇都坠死。
>
> 盗起清溪，盘踞方岩，首魁夜梦神饮马于岩之池，平明池涸，其徒惊溃。
>
> 洪杨事起，近乡近村多遭劫，独方岩得无恙。

民国三年，嵊县乡民，慕胡公之灵异，造庙祀之，乘昏夜来方岩盗胡公头去，欲以之造像，公梦示知事及近乡农民，属捉盗神像头者，盗尽就逮。是年冬间嵊县一乡大火，凡预闻盗公头者皆烧失。翌年八月该乡民又有二人来进香，各毙于路上。

类似这样的奇迹灵异，还数不胜数，所以一年四季，方岩香火不绝，而尤以春秋为盛，朝山进香者，络绎于四方数百里的途上。金华人之远旅他乡者，各就其地建胡公庙以祀公，虽然说是迷信，但感化威力的广大，实在也出乎我们的意料之外，这就是方岩的盛名所以能远播各地的一近因而说的话；至于我们的不远千里，必欲至方岩一看的原因，却在它的山水的幽静灵秀，完全与别种山峰不同的地方。

方岩附近的山，都是绝壁陡起，高二三百丈，面积周围三五里至六七里不等。而峰顶与峰脚，面积无大差异，形状或方或圆，绝似硕大的撑天圆柱。峰岩顶上，又都是平地，林木丛丛，簇生如发。峰的腰际，只是一层一层的沙石岩壁，可望而不可登。间有瀑布奔流，奇树突现，自朝至暮，因日光风雨之移易，形状景象，也千变万化，捉摸不定。山之伟观到此大约是可以说得已臻极顶了吧？

从前看中国画里的奇岩绝壁，皴法皱叠，苍劲雄伟到不可思议的地步，现在到了方岩，向各山略一举目，才知道南宗北派的画山点石，都还有未到之处。在学校里初学英文的时候，读到那一位美国清教作家何桑的《大石面》一篇短篇，颇生异想，身到方岩，方知年幼时的少见多怪，像那篇小说

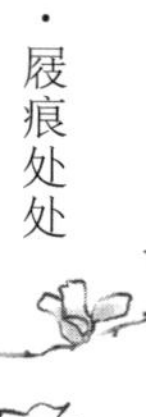

里所写的大石面，在这附近真不知有多多少少。我不曾到过埃及，不知沙漠中的Sphinx比起这些岩面来，又该是谁兄谁弟。尤其是天造地设，清幽岑寂到令人毛发悚然的一区境界，是方岩北面相去约二三里地的寿山下五峰书院所在的地方。

北面数峰，远近环拱，至西面而南偏，绝壁千丈，成了一条上突下缩的倒覆危墙。危墙腰下，离地约二三丈的地方，墙脚忽而不见，形成大洞，似巨怪之张口，口腔上下，都是石壁，五峰书院，丽泽祠，学易斋，就建筑在这巨口的上下腭之间，不施椽瓦，而风雨莫及，冬暖夏凉，而红尘不到。更奇峭者，就是这绝壁的忽而向东南的一折，递进而突起了固厚，瀑布、桃花、复釜、鸡鸣的五个奇峰，峰峰都高大似方岩，而形状颜色，各不相同。立在五峰书院的楼上，只听得见四围飞瀑的清音，仰视天小，鸟飞不渡，对视五峰，青紫无言，向东展望，略见白云远树，浮漾在楔形阔处的空中。一种幽静、清新、伟大的感觉，自然而然地袭向人来；朱晦翁、吕东莱、陈龙川诸道学先生的必择此地来讲学，以及一般宋儒的每喜利用山洞或风景幽丽的地方作讲堂，推其本意，大约总也在想借了自然的威力来压制人欲的缘故，不看金华的山水，这种宋儒的苦心是猜不出来的。

初到方岩的一天，就在微雨里游尽了这五峰书院的周围，与胡公庙的全部。庙在岩顶，规模颇大，前前后后，也有两条街，许多房头，在蒙胡公的福荫；一人成佛，鸡犬都仙，原是中国的旧例。胡公神像，是一位赤面长须的柔和长者，前殿后殿，各有一尊，相貌装饰，两都一样，大约一尊是预备着于出会时用的。我们去的那日，大约刚逢着了废历的十月初一，庙中前殿戏台上在演社戏敬神。台前簇拥着许多老幼男女，各流着些被感动了的随喜之泪，而戏中的情节说辞，我们竟一点儿也不懂；问问立在我们身旁的一位像本地出身，能说普通话的中老绅士，方知戏班是本地班，所演的为《杀狗劝妻》一类的孝义杂剧。

从胡公庙下山，回到了宿处的程 ×× 店中，则客堂上早已经点起了两枝大红烛，摆上了许多大肉大鸡的酒菜，在候我们吃晚饭了；菜蔬丰盛到了极点，但无鱼少海味，所以味也不甚适口。

第二天破晓起来，仍坐原轿绕灵岩的福善寺回永康，路上的风景，也很清异。

第一，灵岩也系同方岩一样的一枝突起的奇峰，峰的半空，有一穿心大洞，长约二三十丈，广可五六丈左右，所谓福善寺者，就系建筑在这大山洞里的。我们由东首上山进洞的后面，通过一条从洞里隔出来的长弄，出南面洞口而至寺内，居然也有天王殿、韦驮殿、观音堂等设置，山洞的大，也可想见了。南面四山环抱，红叶青枝，照耀得可爱之至；因为天晴了，所以空气澄鲜，一道下山去的曲折石级，自上面瞭望下去，更觉得幽深到不能见底。

下灵岩后，向西北的绕道回去，一路上尽是些低昂的山岭与旋绕的清溪，经过园内有两株数百年古柏的周氏祠庙，将至俗名耳朵岭的五木岭口的中间，一段溪光山影，景色真象是在画里；西南处州各地的远山，呼之欲来，回头四望，清入肺腑。

过五木岭，就是一大平原，北山隐隐，已经看得见横空

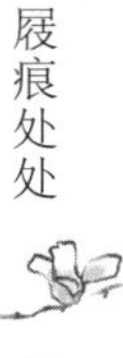

的一线，十五里到永康，坐公共汽车回金华，还是午后三四点钟的光景。

烂柯纪梦

晋王质，伐木至石室中，见童子四人弹琴而歌，质因倚柯听之。童子以一物如枣核与质，质含之便不复饥。俄顷，童子曰："其归！"承声而去，斧柯摧然烂尽。既归，质去家已数十年，亲情凋落，无复向时比矣。

这传说，小时候就听到了，大约总是喜欢念佛的老祖母讲给我们孩子听的神仙故事。和这故事联合在一起的，还有一张习字的时候用的方格红字，叫作"王子去求仙，丹成入九天，山中方七日，世上已千年。"我的所以要把这些儿时的记忆，重新唤起的原因，不过想说一句这故事的普遍流传而已。是以樵子入山，看神仙对弈，斧柯烂尽的事情，各处深山里都可以插得进去，也真怪不得中国各地，有烂柯的遗迹至十余处之多了。但衢州的烂柯山，却是《道书》上所说的"青霞第八洞天"，亦名"景华洞天"的所在，是大家所公认的这烂柯故事的发源本土，也是从金华来衢州游历的人非到不可的地方，故而到衢州的翌日，我们就出发去游柯山（衢州人叫烂柯山都只称柯山）。

十月阳和，本来就是小春的天气，可是我们到烂柯山的那天，觉得比平时的十月，还更加和暖了几分。所以从衢州的小南门出来，打桑树、柏树很多的田野里经过，一路上看山看水，走了十六七里路后，在仙寿亭前渡沙步溪，一直到了石桥寺即宝岩寺的脚下，向寺后山上一个通天的大洞看了一眼的时候，方才同从梦里醒转来的人一样，整了一整精神。烂柯山的这一根石梁，实在是伟大，实在是奇怪。

出衢州的南门的时候，眼面前只看得出一排隐隐的青山而已；南门外的桑麻野道，野道旁的池沼清溪，以及牛羊村集，草舍蔗田，风景虽则清丽，但也并不觉得特别的好。可是在仙寿亭前过渡的瞬间，一看那一条澄清澈底的同大江般的溪水，心里已经有点发痒似的想叫起来了，殊不知入山三里，在青葱环绕着的极深奥的区中，更来了这巨人撑足直立似的一个大洞；立在山下，远远望去，就可以从这巨人的胯下，看出后面的一湾碧绿碧绿的青天，云烟缥缈，山意悠闲，清通灵秀，只觉得是身到了别一个天地；一个在城市里住久的俗人，忽入此境，那能够叫他不目瞪口呆，暗暗里要想到成仙成佛的事情上去呢?

石桥寺，即宝岩寺，在烂柯山的南麓，虽说是梁时创建的古刹，但建筑却已经摧毁得不得了了。寺后上山，踏石级走里把路，就可以到那条石梁或石桥的洞下；洞高二十多丈，宽三十余丈，南北的深约三五丈，真像是悬空从山间凿出来的一条石桥，不过平常的桥梁，决没有这样高大的桥洞而已。石桥的上面，仍旧是层层的岩石，洞上一层，也有中空的一条石缝，爬上去俯身一看，是可以看得出天来的，所谓一线天者，就系指这一条小缝而言。再上去，是石桥的顶上，平坦可以建屋，从前有一个塔，造在这最高峰上，现在却只能看出一堆高高突起的瓦砾，塔是早已倾圮尽了。

石桥下南洞口，有一块圆形岩石蹲伏在那里，石的右旁

的一个八角亭，就是所谓迟日亭。这亭的高度，总也有三五丈的样子，但你若跑上北面离柯山略远的小山顶上去了望过来，只觉得是一堆小小的木堆，塞在洞的旁边。石桥洞底壁上，右手刻着明郡守杨子臣写的“烂柯仙洞”四个大字，左手刻着明郡守李遂写的“天生石梁”四个大字，此外还有许多小字的题名记载的石刻，都因为沙石岩容易风化的缘故，已经剥落得看不清楚了。石桥洞下，有十余块断碑残碣，纵横堆叠在那里。三块宋碑的断片，字迹飞舞雄伟，比黄山谷更加有劲。可惜中国人变乱太多，私心太重，这些旧迹名碑，都已经断残缺裂到了不可收拾的地步。《烂柯山志》编者，在金石部下有一段记事说：

> 名碑古物之毁于兵燹，宜也；但烂柯山之金石，不幸竟三次被毁于文人，岂非怪事？所谓文人的毁碑，有两次是因建寺而将这些石碑抬了去填过屋基，有一次系一不知姓名者来寺拓碑，拓后便私自将那些较古的碑石凿断敲裂，使后人不复有再见一次的机会。

烂柯山南麓，在上山去的石级旁边，还有许多翁仲石马，乱倒在荒榛漫草之中。翻《烂柯山志》一查，才知道明四川巡抚徐忠烈公，葬在此地，俗称徐天官墓者，就是此处。

在柯山寺的前前后后，赏玩了两三个钟头，更在寺里吃了一顿午饭，我们就又在暖日之下，和做梦似地回到了衢州，因为衢州城里还有几处地方，非去看一下不可。

一是在豆腐铺作场后面的那座天王塔。

二是城东北隅吴征虏将军郑公舍宅而建的那个古刹祥符寺。

三是孔子家庙，及庙内所藏的子贡手刻的楷木孔子及夫人兀官氏像。

这三处当然是以孔庙和楷木孔子像最为一般人所知道，数千年来的国宝，实在是不容易见到的稀世奇珍。

陪我们去孔庙的，是三衢医院的院长孔熊瑞先生，系孔子第七十三代的裔孙。楷木像藏在孔庙西首的一间楼上；像各高尺余，孔子是朝服执圭的一个坐像，兀官夫人的也是一样的一个，但手中无圭。两像颜色苍黑，刻划遒劲，决不是近代人的刀势。据孔先生告诉我们的话，则这两像素来就说是出于端木子贡之手刻，宋南渡时由衍圣公孔端友抱负来衢，供在家庙的思鲁阁上；即以来衢州后的年限来说，也已经有八九百年的历史了。孔子像的面貌，同一般的画像并不相同，两眼及鼻子很大，颧骨不十分高，须分三挂，下垂及拱起的手际，耳朵也比常人大一点儿。孔子的一个圭，一挂须，及一只耳朵，已经损坏了，现在的系后人补刻嵌入的，刀法和刻纹，与原刻的一比，显见得后人的笔势来得软弱。

孔庙正中殿上，尚有孔子塑像一尊，东西两庑，各有迁衢始祖衍圣公孔端友等的塑像数尊，西首思鲁阁下，还有石刻吴道子画的孔子像碑一块；一座家庙，形式格局，完全是圣庙的大成至圣先师之殿。我虽则还不曾到过曲阜，但在这衢州的孔庙内巡视了一下，闭上眼睛，那座圣地的殿堂，仿佛也可以想象得出来了。

衢州西安门外，新河沿下的浮桥边，原也有江于的花市

在的，但比到兰溪的江山船，要逊色得多，所以不纪。

仙霞纪险

从衢州南下，一路上迎送着的有不断的青山，更超过几条水色蓝碧的江身，经一大平原，过双塔地，到一区四山围抱的江城，就是江山县了。

江山是以三片石的江郎山出名的地方，南越仙霞关，直通闽粤，西去玉山，便是江西；所谓七省通衢，江山实在是第一个紧要的边境。世乱年荒，这江山县人民的提心吊胆，打草惊蛇的状况，也可以想见的了；我们南来，也不过想见识见识仙霞关的险峻，至于采风访俗，玩水游山，在这一个年头，却是不许轻易去尝试的雅事，所以到江山的第二日一早，我们就急急地雇了一辆汽车，驰往仙霞关去。

在南门外的汽车站上车，三里就到俗名东岳山，有一块老虎岩，并一座明嘉靖年间建置的塔在的景星山下；南行二十里，远远望得见冲天的三块巨岩江郎山，或合或离，在东面的群山中跳跃；再去是淤头，是峡口，是仙霞岭的区域了，去江山虽有八九十里路程，但汽车走走，也只走了两三个钟头的样子。

仙霞岭的面貌，实在是雄奇伟大得很！老远看来，就是那么高那么大的这排百里来长的仙霞山脉，近来一看，更觉得是不见天日了。东西南的三面，弯里有弯，山上有山；奇峰怪石，老树长藤，不计其数；而最曲折不尽，令人方向都分辨不出来的，是新从关外二十八都筑起，沿龙溪、化龙溪两支深山中的大水而行的那条通江山的汽车公路。

五步一转弯，三步一上岭，一面是流泉涡旋的深坑万丈，一面又是鸟飞不到的绝壁千寻。转一个弯，变一番景色，上一条岭，辟一个天地，上上下下，去去回回，我们在仙霞山中，龙溪岸上，自北去南，因为要绕过仙霞关去，汽车足足走了有一个多钟头的山路。山的高，水的深，与夫弯的多，路的险，不折不扣的说将出来，比杭州的九溪十八涧，起码总要超过三百多倍。要看山水的曲折，要试车路的崎岖，要将性命和运命去拚拚，想尝一尝生死关头，千钧一发的冒险异味的人，仙霞岭不可不到，尤其是从仙霞关北麓绕路出关，上关南二十八都去的这一条新辟的汽车公路，不可不去一走。车到关南，行经小竿岭的那个隘口，近瞰二十八都谷底里的人家，远望浦城枫岭诸峰的青影的时候，我真感到了一种一则以喜一则以惧的说不出的心理；喜的是关后许多险隘，已经被我走过了，惧的是直望山脚的目的地二十八都，虽然是只离开了一程抛石的空间，但山坡陡削，直冲下去，总也还有二三千尺的高度。这时候回头来看看仙霞关，一条石级铺得象蛇腹似的曩时的鸟道，却早已高高隐没在云雾与树木的中间了。

从小竿岭的隘口下来，盘旋回绕，再走了三四十分钟头，到仙霞关外第一口的二十八都去一看，忽然间大家的身上又起了一层鸡皮的细粒。

太阳分明是高照在那里，天色当然是苍苍的，高大的人家的住屋，也一层一层地排列着在，但是人哩，活的生动着的人哩，人都到哪里去了呢？

许许多多的很整齐的人家，窗户都是掩着的，门却是半开半闭，或者竟全无地空空洞洞同死鲈鱼的口嘴似的张开在那里。踏进去一看，地下只散乱铺着有许多稻草。脚步声在空屋里反射出来的那一种响声，自己听了也要害怕。忽而索落落屋角的黑暗处稻草一动，偶而也会立起一个人来，但只光着眼睛，向你上下一打量，他就悄悄的避开了。你若追上去问他一句话呢，他只很勉强地站立下来，对你又是光着眼睛的一番打量，摇摇头，露一脸阴风惨惨的苦笑，就又走了，回话是一句也不说的。

我们照这样的搜寻空屋，搜寻了好几处，才找到了一所基干队驻扎在那里的处所。守卫的兵士，对我们起初当然也是很含有疑惧地一番打量，听了我们的许多说明之后，他才开口说："昨晚上又有谣言。居民是自从去年九月以来，早就搬走了。在这里要吃一顿饭，是很不容易，因为豆腐青菜都没有人做，但今天早晨，队长是已经接到了江山胡站长的信，饭大约总在预备了罢？"说了，就请我们上大厅去歇息。我们看到了这一种情形，听到了那一番话，食欲早就被恐怖打倒了，所以道了一声队长万福，跳上车子，转身就走。

重回到小竿岭的那个隘口的时候，几刻钟前曾经盘问我们过，幸亏有了陈万里先生的那个徽章证明，才安然放我们过去的。那位捧大刀的守卫兵，却笑着对我们说："你们就回去了么？"回来一过此口，已经入了安全地带，我们的胆子也大起来了，就在龙溪边上，一处叫作大坞的溪桥旁边下了车，打算爬上山去，亲眼去看一看那座也可以说是一夫当关，万夫莫开，宋史浩方把石路铺起来的仙霞关口。一面，叫空车子仍遵原路，绕到仙霞关北相去五里的保安村去等候我们，好让我们由关南上岭，关北下山，一路上看看风景。

据书上的记载，则仙霞岭高三百六十级，凡二十四曲，有五关，× 十峰等等，我们因为是从半腰里上去的，所以所走的只是关门所在的那一段。

仙霞关，前前后后，有四个关门。第二关的边上，将近顶边的地方，有一座新筑的碉楼在那里，据陪我们去游的胡站长说，江山近旁，共有碉楼四十余处，是新近才筑起来的，但汽车路一开，这些碉楼，这座雄关，将来怕都要变成些虚有其名的古迹了。

仙霞关内岭顶，有一座霞岭亭，亭旁住着一家人家，从前大约是守关官吏的住所，现在却只剩了一位老人，在那里卖茶给过路的行人。

北面出关，下岭里许，是一个关帝庙。规模很大，有观音阁、浣霞池亭等建筑，大约从前的闽浙官吏来往，总是在这庙内寄宿的无疑。现在东面浣霞池的亭上，还有许多周亮工的过关诗，以及清初诸名宦的唱和诗碣，嵌在石壁的中间。

在关帝庙里喝了一碗茶，买了些有名的仙霞关的绿茶茶叶，晚霞已经围住了山腰，我们的手上脸上都感觉得有点潮润起来了，大家就不约而同的叫了出来说：

“啊！原来这些就是仙霞！不到此地，可真不晓得这关名之妙喂！”

下岭过溪，走到溪旁的保安村里，坐上车子，再探头出来看了一眼曾经我们走过的山岭，这座东南的雄镇，却早已羞羞怯怯，躲入到一片白茫茫的仙霞怀里去了。

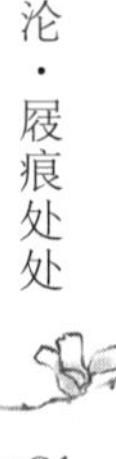

冰川纪秀

冰川是玉山东南门外环城的一条大溪，我们上玉山到这溪边的时候，因为杭江铁路车尚未通，是由江山坐汽车绕广丰，直驱了二三百里的长路，好容易才走到的。到了冰溪的南岸来一看，在衢州见了颜色两样的城墙时所感到的那种异样的，紧张的空气，更是迫切了；走下汽车，对手执大刀，在浮桥边检查行人的兵士们偷抛了几眼斜视，我们就只好决定不进城去，但在冰川旁边走走，马上再坐原车回去江山。

玉山城外是由这一条天生的城河冰溪环抱在那里的，东南半角却有着好几处雁齿似的浮桥。浮桥的脚上，手捧着明晃晃的大刀，肩负着黄苍苍的马枪，在那里检查入城证、良民证的兵士，看起来相貌都觉得是很可怕。

从冰川第一楼下绕过，沿堤走向东南，一块大空地，一个大森林，就是郭家洲了。武安山障在南边，普宁寺、鹤岭寺接在东首。单就这一角的风景来说，有山有水，还有水车、磨房、渔梁、石勘、水闸、长堤，凡中国画或水彩画里所用得着的各种点景的品物，都已经齐备了。在这样小的一个背景里，能具备着这么些个秀丽的点缀品的地方，我觉得行尽了江浙的两地，也是很不多见的。而尤其是出乎我们的意料之外的，是郭家洲这一个三角洲上的那些树林的疏散的逸韵。

郭家洲，从前大约也是冰溪的流水所经过的地方，但时移势易，沧海现在竟变作了桑田了；那一排疏疏落落的杂树林，同外国古宫旧堡的画上所有的那样的那排大树，少算算，大约总也已经有了百数岁的年纪。

这一次在漫游浙东的途中，看见的山也真不少了，但每次总觉得有点美中不足的，是树木的稀少；不意一跨入了这江西的境界，就近在县城的旁边，居然竟能够看到了这一个自然形成的像公园似的大杂树林！

城里既然进不去，爬山又恐怕没有时间，并且离县城向西向北十来里地的境界，去走就有点儿危险，万不得已，自然只好横过郭家洲，上鹤岭寺山上的那一个北面的空亭，去遥想玉山的城市了。

玉山城里的人家，实在整洁得很，沿城河的一排住宅，窗明几净，倒影溪中，远看好像是威尼斯市里的通衢。太阳斜了，城里头起了炊烟，水上的微波，也渐渐地渐渐地带上了红影。西北的高山一带，有一个尖峰突起，活像是倒插的笔尖，大约是怀玉山了罢？

这一回沿杭江铁路西南直下，千里的游程，到玉山城外终止了。“冰为溪水玉为山！”坐上了向原路回来的汽车，我念着戴叔伦的这一句现成的诗句，觉得这一次旅行的煞尾，倒很有点儿像德国浪漫派诗人的小说。

一九三三年十二月稿

钓台的春昼

因为近在咫尺，以为什么时候要去就可以去，我们对于本乡本土的名区胜景，反而往往没有机会去玩，或不容易下一个决心去玩的。正唯其是如此，我对于富春江上的严陵，二十年来，心里虽每在记着，但脚却没有向这一方面走过。一九三一，岁在辛未，暮春三月，春服未成，而中央党帝，似乎又想玩一个秦始皇所玩过的把戏了，我接到了警告，就仓皇离去了寓居。先在江浙附近的穷乡里，游息了几天，偶尔看见了一家扫墓的行舟，乡愁一动，就定下了归计。绕了一个大弯，赶到故乡，却正好还在清明寒食的节前。和家人等去上了几处坟，与许久不曾见过面的亲戚朋友，来往热闹了几天，一种乡居的倦怠，忽而袭上心来了，于是乎我就决心上钓台访一访严子陵的幽居。

钓台去桐庐县城二十余里，桐庐去富阳县治九十里不足，自富阳溯江而上，坐小火轮三小时可达桐庐，再上则须坐帆船了。

我去的那一天，记得是阴晴欲雨的养花天，并且系坐晚班轮去的，船到桐庐，已经是灯火微明的黄昏时候了，不得已就只得在码头近边的一家旅馆的高楼上借了一宵宿。

桐庐县城，大约有三里路长，三千多烟灶，一二万居民，地在富春江西北岸，从前是皖浙交通的要道，现在杭江铁路一开，似乎没有一二十年前的繁华热闹了。尤其要使旅客感到萧条的，却是桐君山脚下的那一队花船的失去了踪影。说起桐君山，原是桐庐县的一个接近城市的灵山胜地，山虽不高，但因有仙，自然是灵了。以形势来论，这桐君山，也的确是可以产生出许多口音生硬，别具风韵的桐严嫂来的生龙活脉。地处在桐溪东岸，正当桐溪和富春江合流之所，依依一水，西岸便瞰视着桐庐县市的人家烟树。南面对江，便是十里长洲；唐诗人方干的故居，就在这十里桐洲九里花的花田深处。向西越过桐庐县城，更遥遥对着一排高低不定的青峦，这就是富春山的山子山孙了。东北面山下，是一片桑麻沃地，有一条长蛇似的官道，隐而复现，出没盘曲在桃花、杨柳、洋槐、榆树的中间，绕过一支小岭，便是富阳县的境界，大约去程明道的墓地程坟，总也不过一二十里地的间隔。我的去拜谒桐君，瞻仰道观，就在那一天到桐庐的晚上，是淡淡云微月，正在作雨的时候。

鱼梁渡头，因为夜渡无人，渡船停在东岸的桐君山下。我从旅馆踱了出来，先在离轮埠不远的渡口停立了几分钟，后来向一位来渡口洗夜饭米的年轻少妇，弓身请问了一回，才得到了渡江的秘诀。她说："你只须高喊两三声，船自会来的。"先谢了她教我的好意，然后以两手围成了播音的喇叭，"喂，喂，船渡请摇过来！"地纵声一喊，果然在半江的黑影

当中，船身摇动了。渐摇渐近，五分钟后，我在渡口，却终于听出了咿呀柔橹的声音。时间似乎已经入了酉时的下刻，小市里的群动，这时候都已经静息，自从渡口的那位少妇，在微茫的夜色里，藏去了她那张白团团的面影之后，我独立在江边，不知不觉心里头却兀自感到了一种他乡日暮的悲哀。渡船到岸，船头上起了几声微微的水浪清音，又铜东地一响，我早已跳上了船，渡船也已经掉过头来了。坐在黑影沉沉的舱里，我起先只在静听着柔橹划水的声音，然后却在黑影里看出了一星船家在吸着的长烟管头上的烟火，最后因为沉默压迫不过，我只好开口说话了："船家！你这样的渡我过去，该给你几个船钱？"我问。"随你先生把几个就是。"船家说话冗慢幽长，似乎已经带着些睡意了，我就向袋里摸出了两角钱来。"这两角钱，就算是我的渡船钱，请你候我一会，上去烧一次夜香，我是依旧渡过江来的。"船家的回答，只是恩恩乌乌，幽幽同牛叫似的一种鼻音，然而从继这鼻音而起的两三声轻快的咯声听来，他却已经在感到满足了，因为我也知道，乡间的义渡，船钱最多也不过是两三枚铜子而已。

到了桐君山下，在山影和树影交掩着的崎岖道上，我上岸走不上几步，就被一块乱石拌倒，滑跌了一次。船家似乎也动了恻隐之心了，一句话也不发，跑将上来，他却突然交给了我一盒火柴。我于感谢了一番他的盛意之后，重整步武，再摸上山去，先是必须点一枝火柴走三五步路的，但到得半山，路既就了规律，而微云堆里的半规月色，也朦胧地现出一痕银线来了，所以手里还存着的半盒火柴，就被我藏入了袋里。路是从山的西北，盘曲而上，渐走渐高，半山一到，天也开朗了一点，桐庐县市上的灯火，也星星可数了。更纵目向江心望去，富春江两岸的船上和桐溪合流口停泊着的船尾船头，也看得出一点一点的火来。走过半山，桐君观里的晚祷钟鼓，似乎还没有息尽，耳朵里仿佛听见了几丝木鱼钲钹的残声。走上山顶，先在半途遇着了一道道观外围的女墙，这女墙的栅门，却已经掩上了。在栅门外徘徊了一刻，觉得已经到了此门而不进去，终于是不能满足我这一次暗夜冒险的好奇怪僻的。所以细想了几次，还是决心进去，非进去不可，轻轻用手往里面一推，栅门却呀的一声，早已退向了后方开开了，这门原来是虚掩在那里的。进了栅门，踏着为淡月所映照的石砌平路，向东向南的前走了五六十步，居然走到了道观的大门之外，这两扇朱红漆的大门，不消说是紧闭在那里的。到了此地，我却不想再破门进去了，因为这大门是朝南向着大江开的，门外头是一条一丈来宽的石砌步道，步道的一旁是道观的墙，一旁便是山坡，靠山坡的一面，并且还有一道二尺来高的石墙筑在那里，大约是代替栏杆，防人倾跌下山去的用意，石墙之上，铺的是二三尺宽的青石，在这似石栏又似石凳的墙上，尽可以坐卧游息，饱看桐江和对岸的风景，就是在这里坐它一晚，也很可以，我又何必去打开门来，惊起那些老道的恶梦呢？

空旷的天空里，流涨着的只是些灰白的云，云层缺处，原也看得出半角的天，和一点两点的星，但看起来最饶风趣的，却仍是欲藏还露，将见仍无的那半规月影。这时候江面上似乎起了风，云脚的迁移，更来得迅速了。而低头向江心一看，几多散乱着的船里的灯光，也忽明忽灭地变换了一变换位置。

这道观大门外的景色，真神奇极了。我当十几年前，在放浪的游程里，曾向瓜州、京口一带，消磨过不少的时日；那时觉得果然名不虚传的，确是甘露寺外的江山，而现在到了桐庐，昏夜上这桐君山来一看，又觉得这江山之秀而且静，风景的整而不散，却非那天下第一江山的北固山所可与比拟的了。真也难怪得严子陵，难怪得戴征士，倘使我若能在这样的地方结屋读书，以养天年，那还要什么的高官厚禄，还要什么的浮名虚誉哩？一个人在这桐君观前的石凳上，看看山，看看水，看看城中的灯火和天上的星云，更做做浩无边际的无聊的幻梦，我竟忘记了时刻，忘记了自身，直等到隔江的击柝声传来，向西一看，忽而觉得城中的灯影微茫地减了，才跑也似地走下了山来，渡江奔回了客舍。

第二日侵晨，觉得昨天在桐君观前做过的残梦正还没有续完的时候，窗外面忽而传来了一阵吹角的声音。好梦虽被打破，但因这同吹筚篥似的商音哀咽，却很含着些荒凉的古意，并且晓风残月，杨柳岸边，也正好候船待发，上严陵去；所以心里纵怀着了些儿怨恨，但脸上却只现出了一痕微笑，起来梳洗更衣，叫茶房去雇船去。雇好了一只双桨的渔舟，买就了些酒菜鱼米，就在旅馆前面的码头上上了船。轻轻向江心摇出去的时候，东方的云幕中间，已现出了几丝红韵，有八点多钟了；舟师急得厉害，只在埋怨旅馆的茶房，为什么昨晚不预先告诉，好早一点出发。因为此去就是七里滩头，无风七里，有风七十里，上钓台去玩一趟回来，路程虽则有限，但这几日风雨无常，说不定要走夜路，才回来得了的。

过了桐庐，江心狭窄，浅滩果然多起来了。路上遇着的来往的行舟，数目也是很少，因为早晨吹的角，就是往建德去的快班船的信号，快班船一开，来往于两岸之间的船就不十分多了。两岸全是青青的山，中间是一条清浅的水，有时候过一个沙洲，洲上的桃花菜花，还有许多不晓得名字的白色的花，正在喧闹着春暮，吸引着蜂蝶。我在船头上一口一口的喝着严东关的药酒，指东话西地问着船家，这是甚么山？那是甚么港？惊叹了半天，称颂了半天，人也觉得倦了，不晓得什么时候，身子却走上了一家水边的酒楼，在和数年不见的几位已经做了党官的朋友高谈阔论。谈论之余，还背诵了一首两三年前曾在同一的情形之下做成的歪诗：

不是尊前爱惜身，佯狂难免假成真。
曾因酒醉鞭名马，生怕情多累美人。
劫数东南天作孽，鸡鸣风雨海扬尘。
悲歌痛哭终何补，义士纷纷说帝秦。

直到盛筵将散，我酒也不想再喝了，和几位朋友闹得心里各自难堪，连对旁边坐着的两位陪酒的名花都不愿意开口。正在这上下不得的苦闷关头，船家却大声的叫了起来说：

“先生，罗芷过了，钓台就在前面，你醒醒罢，好上山去烧饭吃去。”

擦擦眼睛，整了一整衣服，抬起头来一看，四面的水光山色又忽而变了样子了。清清的一条浅水，比前又窄了几分，四围的山包得格外地紧了，仿佛是前无去路的样子。并且山容峻削，看去觉得格外地瘦格外的高。向天上地下四围看看，

只寂寂的看不见一个人类。双桨的摇响，到此似乎也不敢放肆了，钩的一声过后，要好半天才来一个幽幽的回响，静，静，静，身边水上，山下岩头，只沉浸着太古的静，死灭的静，山峡里连飞鸟的影子也看不见半只。前面的所谓钓台山上，只看得见两大个石垒，一间歪斜的亭子，许多纵横芜杂的草木。山腰里的那座祠堂，也只露着些废垣残瓦，屋上面连炊烟都没有一丝半缕，像是好久好久没有人住了的样子。并且天气又来得阴森，早晨曾经露一露脸过的太阳，这时候早已深藏在云堆里了，余下来的只是时有时无从侧面吹来的阴飕飕的半箭儿山风。船靠了山脚，跟着前面背着酒菜鱼米的船夫，走上严先生祠堂去的时候，我心里真有点害怕，怕在这荒山里要遇见一个干枯苍老得同丝瓜筋似的严先生的鬼魂。

在祠堂西院的客厅里坐定，和严先生的不知第几代的裔孙谈了几句关于年岁水旱的话后，我的心跳，也渐渐儿地镇静下去了，嘱托了他以煮饭烧菜的杂务，我和船家就从断碑乱石中间爬上了钓台。

东西两石垒，高各有二三百尺，离江面约两里来远，东西台相去，只有一二百步，但其间却夹着一条深谷。立在东台，可以看得出罗芷的人家，回头展望来路，风景似乎散漫一点，而一上谢氏的西台，向西望去，则幽谷里的清景，却绝对的不象是在人间了。我虽则没有到过瑞士，但到了西台，朝西一看，立时就想起了曾在照片上看见过的威廉退儿的祠堂。这四山的幽静，这江水的青蓝，简直同在画片上的珂罗版色彩，一色也没有两样，所不同的，就是在这儿的变化更多一点，周围的环境更芜杂不整齐一点而已，但这却是好处，这正是足以代表东方民族性的颓废荒凉的美。

从钓台下来，回到严先生的祠堂——记得这是洪杨以后严州知府戴槃重建的祠堂——西院里饱啖了一顿酒肉，我觉得有点酩酊微醉了。手拿着以火柴柄制成的牙签，走到东面供着严先生神像的龛前，向四面的破壁上一看，翠墨淋漓，题在那里的，竟多是些俗而不雅的过路高官的手笔。最后到了南面的一块白墙头上，在离屋檐不远的一角高处，却看到了我们的一位新近去世的同乡夏灵峰先生的四句似邵尧夫而又略带感慨的诗句。夏灵峰先生虽则只知崇古，不善处今，但是五十年来，像他那样的顽固自尊的亡清遗老，也的确是没有第二个人。比较起现在的那些官迷的南满尚书和东洋宦婢来，他的经术言行，姑且不必去论它，就是以骨头来称称，我想也要比什么罗三郎、郑太郎辈，重到好几百倍。慕贤的心一动，醺人臭技自然是难熬了，堆起了几张桌椅，借得了一枝破笔，我也在高墙上、在夏灵峰先生的脚后放上了一个陈屁，就是在船舱的梦里，也曾微吟过的那一首歪诗。

从墙头上跳将下来，又向龛前天井去走了一圈，觉得酒后的喉咙，有点渴痒了，所以就又走回到了西院，静坐着喝了两碗清茶。在这四大无声，只听见我自己的啾啾喝水的舌音冲击到那座破院的败壁上去的寂静中间，同惊雷似地一响，院后的竹园里却忽而飞出了一声闲长而又有节奏似的鸡啼的声来。同时在门外面歇着的船家，也走进了院门，高声的对我说：

“先生，我们回去罢，已经是吃点心的时候了，你不听见那只公鸡在后山啼么？我们回去罢！”

一九三二年八月在上海写

（后载一九三二年九月十六日《论语》半月刊第一期，据《达夫游记》）

临平登山记

曾坐沪杭甬的通车去过杭州的人，想来谁也看到过临平山的一道青嶂。车到了硖石，平地里就有起几堆小石山来了，然而近者太近，远者太小，不大会令人想起特异的关于山的概念。一到临平，向北窗看到了这眠牛般的一排山影，才仿佛是叫人预备着到杭州去看山看水似地，心里会突然的起一种变动，觉得杭州是不远了，四周的环境，确与沪宁路的南段，沪杭甬路的东段，一望平原，河流草舍很多的单调的景色不同了。这临平山的顶上，我一直到今年，才去攀涉，回想起来，倒也有一点浅淡的佳趣。

临平不过是杭州——大约是往日的仁和县管的罢？——一个小镇，介在杭州海宁二县之间，自杭州东去，至多也不到六七十里地的路程。境内河流四绕，可以去湖州，可以去禾郡，也可以去松江上海，直到天边。因之沿河的两岸（是东西的）交河的官道（是南北的）之旁，就自然而然地成了一个部落。居民总有八九百家，柳叶菱塘，桑田鱼市，麻布袋，豆腐皮，酱鸭肥鸡，茧行藕店，算将起来，一年四季，农产商品，倒也不少。在一条丁字路的转弯角前，并且还有一家青帘摇漾的杏花村——是酒家的雅号，本名仿佛是聚贤楼。——乡民朴素，禁令森严，所以妓馆当然是没有的，旅馆也不曾看到，但暗娼有无，在这一个民不聊生民又不敢死的年头，我可不能够保。

我们去的那天，是从杭州坐了十点左右的一班慢车去的，一则因为左近的三位朋友，那一日正值着假期；二则因为有几位同乡，在那里处理乡村的行政，这几位同乡听说我近来侘傺无聊，篇文不写，所以请那三位住在我左近的朋友约我同去临平玩玩，或者可以散散心，或者也可以壮壮胆，不要以为中国的农村完全是破产了，中国人除几个活大家死之外别无出路了。等因奉此地到了临平，更在那家聚贤楼上，背晒着太阳喝了两斤老酒，兴致果然起来了，把袍子一脱，我们就很勇猛地说："去，去爬山去！"

缓步西行（出镇往西），靠左手走过一个桥洞，在一条长蛇似的大道之旁，远远就看得见一座银匠店头的招牌那么的塔，和许多名目也不大晓得的疏疏落落的树。地理大约总可以不再过细地报告了吧，北面就是那支临平山，南面岂不又是一条小河么？我们的所以不从临平山的东首上山，而必定要走出镇市——临平市是在山的东麓的——走到临平山的西麓去者，原因是为了安隐寺里的一棵梅树。

安隐寺，据说，在唐宣宗时，名永兴院，吴越时名安平院。至宋治平二年，始赐今名。因为明末清初的那位西泠十子中的临平人沈去矜谦，好闲多事，做了一部《临平记》，所

以后来的临平人，也做出了不少的文章，其中最好的一篇，便是安隐寺里的那棵所谓“唐梅”的梅树。

安隐寺，在临平山的西麓，寺外面有一口四方的小井，井栏上刻着“安平泉”的三个不大不小的字。诸君若要一识安平泉的伟大过去，和沿临平山一带的许多寺院的兴废，以及鼎湖的何以得名，孙皓的怎么亡国（我所说的是天玺改元的那一回事情）等琐事的，请去翻一翻沈去矜的《临平记》，张大昌的《临平记补遗》，或田汝成的《西湖志余》等就得，我在这里，只能老实地说，那天我们所看到的安隐寺，实在是坍败得可以，寺里面的那一棵出名的“唐梅”，树身原也不小，但我却怎么也不想承认它是一千几百年前头的刁钻古怪鬼灵精。你且想想看，南宋亡国，伯颜丞相，岂不是由临平而入驻皋亭的么？那些羊膻气满身满面的元朝鞑子，那里肯为中国人保留着这一株枯树？此后还有清朝，还有洪杨的打来打去，庙之不存，树将焉附，这唐梅若果是真，那它可真是不怕水火，不怕刀兵的活宝贝了，我们中国还要造什么飞机高射炮呢？同外国人打起仗来，岂不只教擎着这一棵梅树出去就对？

在冷气逼人的安隐寺客厅上吃了一碗茶，向四壁挂在那里的霉烂的字画致了一致敬，付了他们四角小洋的茶钱之后，我们就从不知何时被毁去的西面正殿基的门外，走上了山。沿山脚的一带，太阳光里，有许多工人，只穿了一件小衫，在那里劈柴砍树。我看得有点气起来了，所以就停住了脚，问他们：“这些树木，是谁教你们来砍的？”“除了这些山的主人之外还有谁呢？”这回话倒也真不错，我呆张着目，看看地上纵横睡着的拳头粗的松杉树干，想想每年植树节日的各机关和要人等贴出来的红绿的标语传单，喉咙头好像冲起来了一块面包。呆立了一会，看看同来的几位同伴，已经上山去得远了，就只好屁也不放一个，旋转身子，狠狠地踏上了山腰，仿佛是山上的泥沙碎石，得罪了我的样子。

这一口看了工人砍树伐山而得的气闷，直到爬上山顶快的时候，才兹吐出。临平山虽则不高，但走走究竟也有点吃力，喘气喘得多了，肚子里自然会感到一种清空，更何况在山顶上坐下的一瞬间，远远地又看得出钱塘江一线的空明缭绕，越山隔岸的无数青峰，以及脚下头临平一带的烟树人家来了呢！至于沪杭甬路轨上跑的那几辆同小孩子玩具似的客车，与火车头上在乱吐的一圈一圈的白烟，那不过是将死风景点一点活的手笔，像麦克白夫妇当行凶的当儿，忽听到了醉汉的叩门声一样，有了原是更好，即便没有，也不会使人感到缺恨的。

从临平山顶上看下来的风景，的确还有点儿可取。从前我曾经到过兰溪，从兰溪市上，隔江西眺横山，每感到这座小小的兰阴山真太平淡，真是造物的浪费，但第二日身入了此山，到山顶去向南向东向西向北的一看，反觉得游兰溪者这横山决不可不到了。临平山的风景，就同这山有点相像。你远看过去，觉得临平山不过是一支光秃的小山而已，另外也没有什么奇特，但到山顶去俯瞰下来，则又觉得杭城的东面，幸亏有了它才可以说是完满。我说这话，并不是因受了临平人的贿赂，也不是想夺风水先生——所谓堪舆家也——们的生意，实在是杭州的东面太空旷了，有了临平山，有了皋亭，黄鹤一带的山，才补了一补缺。这是从风景上来说的

话，与什么临平湖塞则天下治，湖开则天下乱等倒果为因的妄揣臆说，却不一样。

临平山顶，自西徂东，曲折高低的山脊线，若把它拉将直来，大约总也有里把路长的样子。在这里把路的半腰偏东，从山下望去，有一围黄色的墙头露出，象煞是巨像身上的一只木斗似的地方，就是临平人最爱夸说的龙洞的道观了。这龙洞，临平的乡下人，谁也晓得，说是小康王曾在洞里避过难。其实呢，这又是以讹传讹的一篇乡下文章而已。你猜怎么着？这临平山顶，半腰里原是有一个大洞的。洞的石壁上贴地之处，有“翼拱之凌晨游此，时康定元年四月八日”的两行字刻在那里，小康王也是一个康，康定元年也是一个康，两康一混，就混成了小康王的避难。大约因此也就成全了那个道观，龙洞道观的所以得至今庙貌重新，游人争集者，想来小康王的功劳，一定要居其大半。可是沈谦的《临平记》里，所说就不同了，现在我且抄一段在这里，聊以当作这篇《临平登山记》的尾巴，因为自龙山出来，天也差不多快晚了，我们也就跑下了山，赶上了车站，当日重复坐四等车回到了杭州的缘故：

仁宗皇帝康定元年夏四月，翼拱之来游临平山细砺洞。

谦曰：吾乡有细砺洞，在临平山巅，深十余丈，阔二丈五尺，高一丈五尺，多山砺石，本草所称“砺石出临平”者，即其地也；至是者无不一游，自宋至今，题名者数人而已，然多漶漫不可读，而攀跻洗剔，得此一人，亦如空谷之足音，跫然而喜矣。

又曰：谦闻洞中题名旧矣，向未见。甲申四月八日，里人例有祈年之举，谦同友人往探，因得见其真迹。字在洞中东北壁，惟翼字最大，下两行分书之，微有丹漆，乃里人郭伯邑所润色，今则剥落殆尽，其笔势，遒劲如颜真卿格，真奇迹也。洞西南，又凿有“窦緎”二字，无年月可考，亦不解其义，意者，游人有窦姓者邪？至于满洞镂刻佛像，或是杨髡灵鹫之余波也。(《临平记》卷一·十九页)

一九三四年三月

半日的游程

去年有一天秋晴的午后，我因为天气实在好不过，所以就搁下了当时正在赶着写的一篇短篇的笔，从湖上坐汽车驰上了江干。在儿时习熟的海月桥、花牌楼等处闲走了一阵，看看青天，看看江岸，觉得一个人有点寂寞起来了，索性就朝西的直上，一口气便走到了二十几年前曾在那里度过半年学生生活的之江大学的山中。二十年的时间的印迹，居然处处都显示了面形：从前的一片荒山，几条泥路，与夫乱石幽溪，草房藩溷，现在都看不见了。尤其要使人感觉到我老何堪的，是在山道两旁的那一排青青的不凋冬树；当时只同豆苗似的几根小小的树秧，现在竟长成了可以遮蔽风雨，可以掩障烈日的长林。不消说，山腰的平处，这里那里，一所所的轻巧而经济的住宅，也添造了许多；像在画里似的附近山川的大致，虽仍依旧，但校址的周围，变化却竟簇生了不少。第一，从前在大礼堂前的那一丝空地，本来是下临绝谷的半边山道，现在却已将面前的深谷填平，变成了一大球场。大礼堂西北的略高之处，本来是有几枝被朔风摧折得弯腰屈背的老树孤立在那里的，现在却建筑起了三层的图书文库了。二十年的岁月！三千六百日的两倍的七千二百日的日子！以这一短短的时节，来比起天地的悠长来，原不过是象白驹的过隙，但是时间的威力，究竟是绝对的暴君，曾日月之几何，我这一个本在这些荒山野径里驰骋过的毛头小子，现在也竟垂垂老了。

一路上走着看着，又微微地叹着，自山的脚下，走上中腰，我竟费去了三十来分钟的时刻。半山里是一排教员的住宅，我的此来，原因为在湖上在江干孤独得怕了，想来找一位既是同乡，又是同学，而自美国回来之后就在这母校里服务的胡君，和他来谈谈过去，赏赏清秋，并且也可以由他这里来探到一点故乡的消息的。

两个人本来是上下年纪的小学校的同学，虽然在这二十几年中见面的机会不多，但或当暑假，或在异乡，偶尔遇着的时候，却也有一段不能自已的柔情，油然会生起在各个的胸中。我的这一回的突然的袭击，原也不过是想使他惊骇一下，用以加增加增亲热的效力的企图；升堂一见，他果然是被我骇倒了。

“哦！真难得！你是几时上杭州来的？”他惊笑着问我。

“来了已经多日了，我因为想静静儿的写一点东西，所以朋友们都还没有去看过。今天实在天气太好了，在家里坐不住，因而一口气就跑到了这里。”

“好极！好极！我也正在打算出去走走，就同你一道上溪口去吃茶去罢，沿钱塘江到溪口去的一路的风景，实在是不

错！”

沿溪入谷，在风和日暖，山近天高的田塍道上，二人慢慢地走着，谈着，走到九溪十八涧的口上的时候，太阳已经斜到了去山不过丈来高的地位了。在溪房的石条上坐落，等茶庄里的老翁去起茶煮水的中间，向青翠还象初春似的四山一看，我的心坎里不知怎么，竟充满了一股说不出的飒爽的清气。两人在路上，说话原已经说得很多了，所以一到茶庄，都不想再说下去，只瞪目坐着，在看四周的山和脚下的水，忽而嘘朔朔朔的一声，在半天里，晴空中一只飞鹰，像霹雳似的叫过了，两山的回音，更缭绕地震动了许多时。我们两人头也不仰起来，只竖起耳朵，在静听着这鹰声的响过。回响过后，两人不期而遇的将视线凑集了拢来，更同时破颜发了一脸微笑，也同时不谋而合的叫了出来说：

“真静啊！”

“真静啊！”

等老翁将一壶茶搬来，也在我们边上的石条上坐下，和我们攀谈了几句之后，我才开始问他说：

“久住在这样寂静的山中，山前山后，一个人也没有得看见，你们倒也不觉得怕的么？”

“怕啥东西？我们又没有龙连（钱），强盗绑匪，难道肯到孤老院里来讨饭吃的么？并且春三二月，外国清明，这里的游客，一天也有好几千。冷清的，就只不过这几个月。”

我们一面喝着清茶，一面只在贪味着这阴森得同太古似的山中的寂静，不知不觉，竟把摆在桌上的四碟糕点都吃完了，老翁看了我们的食欲的旺盛，就又推荐着他们自造的西湖藕粉和桂花糖说：

“我们的出品，非但在本省口碑载道，就是外省，也常有信来邮购的，两位先生冲一碗尝尝看如何？”

大约是山中的清气，和十几里路的步行的结果罢，那一碗看起来似鼻涕，吃起来似泥沙的藕粉，竟使我们嚼出了一种意外的鲜味。等那壶龙井芽茶，冲得已无茶味，而我身边带着的一封绞盘牌也只剩了两枝的时节，觉得今天是行得特别快的那轮秋日，早就在西面的峰旁躲去了。谷里虽掩下了一天阴影，而对面东首的山头，还映得金黄浅碧，似乎是山灵在预备去赴夜宴而铺陈着浓装的样子。我昂起了头，正在赏玩着这一幅以青天为背景的夕照的秋山，忽听见耳旁的老翁以富有抑扬的杭州土音计算着账说：“一茶，四碟，二粉，五千文！”

我真觉得这一串话是有诗意极了，就回头来叫了一声说：

“老先生！你是在对课呢？还是在做诗？”

他倒惊了起来，张圆了两眼呆视着问我：

“先生你说啥话语？”

“我说，你不是在对课么？三竺六桥，九溪十八涧，你不是对上了‘一茶四碟，二粉五千文’了么？”

说到了这里，他才摇动着胡子，哈哈的大笑了起来，我们也一道笑了。付账起身，向右走上了去理安寺的那条石砌小路，我们俩在山嘴将转弯的时候，三人的呵呵呵呵的大笑的余音，似乎还在那寂静的山腰，寂静的溪口，作不绝如缕的回响。

一九三三年五月二十一日

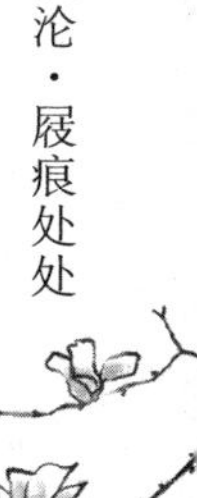

感伤的行旅

一

犹太人的漂泊，听说是上帝制定的惩罚。中欧一带的“寄泊栖”的游行，仿佛是这一种印度支族浪漫尼的天性。大约是这两种意味都完备在我身上的缘故罢，在一处沉滞得久了，只想把包裹雨伞背起，到绝无人迹的地方去吐一口郁气。更况且节季又是霜叶红时的秋晚，天色又是同碧海似的天天晴朗的青天，我为什么不走？我为什么不走呢？

可是说话容易，实践艰难，入秋以后，想走想走的心愿，却起了好久了，而天时人事，到了临行的时节，总有许多阻障出来。八个瓶儿七个盖，凑来凑去凑不周全的，尤其是几个买舟借宿的金钱。我不会吹箫，我当然不能乞食，况且此去，也许在吴头，也许向楚尾，也许在中途被捉，被投交有砂米饭吃有红衣服着的笼中，所以踏上火车之先，我总想多带一点财物在身边，免得为人家看出，看出我是一个无产无职的游民。

旅行之始，还是先到上海，向各处去交涉了半天。等到几个版税拿到在手里，向大街上买就了些旅行杂品的时候，我的灵魂已经飞到了空中：

“Over the hills and far away.”

坐在黄包车上的身体，好像在腾云驾雾，扶摇上九万里外去了。头一晚，就在上海的大旅馆里借了一宵宿。

是月暗星繁的秋夜，高楼上看出去，能够看见的，只是些黄苍颓荡的电灯光。当然空中还有许多同蜂衙里出了火似的同胞的杂噪声，和许多有钱的人在大街上驶过的汽车声溶合在一处，在合奏着大都会之夜的“新魔丰腻”，但最触动我这感伤的行旅者的哀思的，却是在同一家旅舍之内，从前后左右的宏壮的房间里发出来的娇艳的肉声，及伴奏着的悲凉的弦索之音。屋顶上飞下来的一阵两阵的比西班牙舞乐里的皮鼓铜琶更野噪的锣鼓响乐，也未始不足以打断我这愁人秋夜的客中孤独，可是同败落头人家的喜事一样，这一种绝望的喧阗，这一种勉强的干兴，终觉得是肺病患者的脸上的红潮，静听起来，仿佛是有四万万的受难的人民，在这野声里啜泣似的，“如此烽烟如此（乐），老夫怀抱若为开”呢？

不得已就只好在灯下拿出一本德国人的游记来躺在床沿上胡乱地翻读……

一七七六，九月四日，来干思堡，侵晨。

早晨三点，我轻轻地偷逃出了卡儿斯罢特，因为否则他们怕将不让我走。那一群将很亲热地为我做八月廿八的生日的朋友们，原也有扣留住我的权利；可是此地

却不可再事淹留下去了。……

这样地跟这一位美貌多才的主人公看山看水，一直的到了月下行车，将从勃伦纳到物洛那（Vom Brenner bis Verona）的时候，我也就在悲凉的弦索声，杂噪的锣鼓声，和怕人的汽车声中昏沉睡着了。

不知是在什么地方，我自身却立在黑沉沉的天盖下俯看海水，立脚处仿佛是危岩巉兀的一座石山。我的左壁，就是一块身比人高的直立在那里的大石。忽而海潮一涨，只见黑黝黝的涡旋，在灰黄的海水里鼓荡，潮头渐长渐高，逼到脚下来了，我苦闷了一阵，却也终于无路可逃，带粘性的潮水，就毫无踌躇地浸上了我的两脚，浸上了我的腿部，腰部，终至于将及胸部而停止了。一霎时水又下退，我的左右又变了石山的陆地，而我身上的一件青袍，却为水浸湿了。在惊怖和懊恼的中间，梦神离去了我，手支着枕头，举起上半身来看看外边的样子，似乎那些毫无目的，毫无意识，只在大街上闲逛，瞎挤，乱骂，高叫的同胞们都已归笼去了，马路上只剩了几声清淡的汽车警笛之声。前后左右的娇艳的肉声和弦索声也减少了，幽幽寂寂，仿佛从极远处传来似的，只有间隔得很远的竹背牙牌互击的操搭的声音。大约夜也阑了，大家的游兴也倦了罢，这时候我的肚里却也咕噜噜感到了一点饥饿。

披上棉袍，向里间浴室的磁盆里放了一盆热水，漱了一漱口，擦了一把脸，再回到床前安乐椅上坐下，呆看住电灯擦起火柴来吸烟的时候，我不知怎么的陡然间却感到了一种异样的孤独。这也许是大都会中的深夜的悲哀，这也许是中年易动的人生的感觉，但无论如何，我觉得这样的再在旅舍里枯坐是耐不住的了，所以就立起身来，开门出去，想去找一家长夜开炉的菜馆，去试一回小吃。

开门出去，在静寂粉白和病院里的廊子一样的长巷中走了一段，将要从右角转入另一条长廊去的时候，在角上的那间房里，忽而走出了一位二十左右，面色洁白妖艳，一头黑发松长披在肩上，全身像裸着似的只罩着一件金黄长毛丝绒的 Negligee 的妇人来。这一回的出其不意地在这一个深夜的时间里忽儿和我这样的一个潦倒的中年男子的相遇，大约也使她感到了一种惊异，她起始只张大了两只黑晶晶的大眼，怀疑惊问似的对我看了一眼，继而脸上涨起了红霞。似羞缩地将头俯伏了下去，终于大着胆子向我的身边走过，走到另一间房间里去了。我一个人发了一脸微笑，走转了弯，轻轻地在走向升降机去的中间，耳朵里还听见了一声她关闭房门的声音，眼睛里还保留着她那丰白的圆肩的曲线，和从宽散的她的寝衣中透露出来的胸前的那块倒三角形的雪嫩的白肌肤。

司升降机的工人和在廊子的一角呆坐着的几位茶役，都也睡态朦胧了，但我从高处的六层楼下来，一到了底下出大门去的那条路上，却不料竟会遇见这许多暗夜之子在谈笑取乐的。他们的中间，有的是跟妓女来的龟头鸨母，有的是司汽车的机器工人，有的是身上还披着绒毯的住宅包车夫，有的大约是专等到了这一个时候，夹入到这些人的中间来骗取一枝两枝香烟，谈谈笑笑借此过夜的闲人罢，这一个大门道

上的小社会里，这时候似乎还正在热闹的黄昏时候一样，而等我走出大门，向东边角上的一家茶馆里坐定，朝壁上的挂钟细细看了一眼时，却已经是午夜的三点钟前了。

吃取了一点酒菜回来，在路上向天空注看了许多回。西边天上，正挂着一钩同镰刀似的下弦残月，东北南三面，从高屋顶的电火中间窥探出去，也还见得到一颗两颗的黯淡的秋星，大约明朝不会下雨这一件事情总可以决定的了。我长啸了一声，心里却感到了一点满足，想这一次的出发也还算不坏，就再从升降机上来，回房脱去了袍袄，沉酣地睡着了四五个钟头。

二

几个钟头的酣睡，已把我长年不离身心的疲倦医好了一半了，况且赶到车站的时候正还是上行特别快车将发未动的九点之前，买了车票，挤入了车座，浩浩荡荡，火车头在晨风朝日之中，将我的身体搬向北去的中间，老是自伤命薄，对人对世总觉得不满的我这时代落伍者，倒也感到了一心的快乐。“旅行果然是好的”，我斜倚着车窗，目视着两旁的躺息在太阳和风里的大地，心里却在这样的想：“旅行果然是不错，以后就决定在船窗马背里过它半生生活罢！”

江南的风景，处处可爱，江南的人事，事事堪哀，你看，在这一个秋尽冬来的寒月里，四边的草木，岂不还是青葱红润的么？运河小港里，岂不依旧是白帆如织满在行驶的么？还有小小的水车亭子，疏疏的槐柳树林。平桥瓦屋，只在大空里吐和平之气，一堆一堆的干草堆儿，是老百姓在这过去的几个月中间力耕苦作之后的黄金成绩，而车辚辚，马萧萧，这十余年中间，军阀对他们的征收剥夺，掳掠奸淫，从头细算起来，那里还算得明白？江南原说是鱼米之乡，但可怜的老百姓们，也一并的作了那些武装同志们的鱼米了。逝者如斯，将来者且更不堪设想，你们且看看政府中什么局长什么局长的任命，一般物价的同潮也似的怒升，和印花税地税杂税等名目的增设等，就也可以知其大概了。啊啊，圣明天子的朝廷大事，你这贱民那有左右容喙的权利，你这无智的牛马，你还是守着古圣昔贤的大训，明哲以保其身，且细赏赏这车窗外面的迷人秋景罢！人家瓦上的浓霜去管它作甚？

车窗外的秋色，已经到了烂熟将残的时候了。而将这秋色秋风的颓废末级，最明显地表现出来的，要算浅水滩头的芦花丛薮，和沿流在摇映着的柳色的鹅黄。当然杞树，枫树，柏树的红叶，也一律的在透露残秋的消息，可是绿叶层中的红霞一抹，即在春天的二月，只教你向树林里去栽几株一丈红花，也就可以酿成此景的。至于西方莲的殷红，则不问是寒冬或是炎夏，只教你培养得宜，那就随时随地都可以将其他树叶的碧色去衬它的朱红，所以我说，表现这大江南岸的残秋的颜色，不是枫林的红艳和残叶的青葱，却是芦花的丰白与岸柳的髡黄。

秋的颜色，也管不得许多，我也不想来品评红白，裁答一重公案，总之对这些大自然的四时烟景，毫末也不曾留意的我们那火车机头，现在却早已冲过了长桥几架，抄过了洋澄湖岸的一角，一程一程的在逼近姑苏台下去了。

苏州本来是我依旧游之地，“一帆冷雨过娄门”的情趣，闲雅的古人，似乎都在称道。不过细雨骑驴，延着了七里山塘，缓缓的去奠拜真娘之墓的那种逸致，实在也尽值得我们的怀忆的。还有日斜的午后，或者上小吴轩去泡一碗清茶，凭栏细数数城里人家的烟灶，或者在冷红阁上，开开它朝西一带的明窗，静静儿的守着夕阳的啘晚西沉，也是尘俗都消的一种游法。我的此来，本来是无遮无碍的放浪的闲行，依理是应该在吴门下榻，离沪的第一晚是应该去听听寒山寺里的夜半清钟的，可是重阳过后，这近边又有了几次农工暴动的风声，军警们提心吊胆，日日在搜查旅客，骚扰居民，像这样的暴风雨将到未来的恐怖期间，我也不想再去多劳一次军警先生的驾了，所以车停的片刻时候，我只在车里跑上先跑落后的看了一回虎丘的山色，想看看这本来是不高不厚的地皮，究竟有没有被那些要人们刮尽。但是还好，那一堆小小的土山，依旧还在那里点缀苏州的景致。不过塔影萧条，似乎新来瘦了，它不会病酒，它不会悲秋，这影瘦的原因，大约总是因为日脚行到了天中的缘故罢。拿出表来一看，果然已经是十一点多钟，将近中午的时刻了。

火车离去苏州之后，路线的两边，耸出了几条绀碧的山峰来。在平淡的上海住惯的人，或者本来是从山水中间出来，但为生活所迫，就不得不在看不见山看不见水的上海久住的人们，大约到此总不免要生出异样的感觉来的罢，同车的有几位从上海来的旅客，一样的因看见了那西南一带的连山而在作点头的微笑。啊啊，人类本来就是大自然的一部分细胞，只教天性不灭，决没有一个会对了这自然的和平清景而不想赞美的，所以那些卑污贪暴的军阀委员要人们，大约总已经把人性灭尽了的缘故罢，他们只知道要打仗，他们只知道要杀人，他们只知道如何的去敛钱争势夺权利用，他们只知道如何的来破坏农工大众的这一个自然给与我们的伊甸园。啊吓，不对，本来是在说看山的，多嘴的小子，却又破口牵涉起大人先生们的狼心狗计来了，不说罢，还是不说罢，将近十二点了，我还是去炒盘芥莉鸡丁弄瓶“苦配”啤酒来浇浇魄磊的好。

三

正吞完最后的一杯苦酒的时候，火车过了一个小站，听说是无锡就在眼前了。

天下第二泉水的甘味，倒也没有什么可以使人留恋的地方。但震泽湖边的芦花秋草，当这一个肃杀的年时，在理想上当然是可以引人入胜的，因为七十二山峰的峰下，处处应该有低浅的水滩，三万六千顷的周匝，少算算也应该有千余顷的浅渚，以这一个统计来计算太湖湖上的芦花，那起码要比扬子江河身的沙渚上的芦田多些。我是曾在太平府以上九江以下的扬子江头看过伟大的芦花秋景的，所以这一回很想上太湖去试试运气看，看我这一次的臆测究竟有没有和事实相合的地方。这样的决定在无锡下车之后，倒觉得前面相去只几里地的路程特别的长了起来，特别快车的速力也似乎特别慢起来了。

无锡究竟是出大政客的实业中心地，火车一停，下来的

人竟占了全车的十分之三四。我因为行李无多，所以一时对那些争夺人体的黄包车夫们都失了敬，一个人踏出站来，在荒地上立了一会，看了一出猴子戴面具的把戏，想等大伙的行客散了，再去叫黄包车直上太湖边去。这一个战略，本是我在旅行的时候常用常效的方法，因为车刚到站，黄包车价总要比平时贵涨几倍，等大家散尽，车夫看看不得不等第二班车了，那他的价钱就会低让一点，可以让到比平时只贵两成三成的地步。况且从车站到湖滨，随便走那一条路，总要走半个钟头才能走到，你若急切的去叫车，那客气一点的车夫，会索价一块大洋，不客气的或者竟会说两块三块都不定的。所以夹在无锡的市民中间，上车站前头的那块荒地上去看一出猴犬两明星合演的拿手好戏，也是一件有意义的事情，因为我在看把戏的中间就在摆布对车夫的战略了。殊不知这一次的作战，我却大大的失败了。

原来上行特别快车到站是正午十二点的光景，这一班车过后，则下行特快的到来要在下午的一点半过，车夫若送我到湖边去呢，那下半日的他的买卖就没有了，要不是有特别的好处，大家是不愿意去的。况且时刻又来得不好，正是大家要去吃饭缴车的时候，所以等我从人丛中挤攒出来，想再回到车站前头去叫车的当儿，空洞的卵石马路上，只剩了些太阳的影子，黄包车夫却一个也看不见了。

没有办法，只好唱着“背转身，只埋怨，自己做差”而慢慢的踱过桥去，在无锡饭店的门口，反出了一个更贵的价目，才叫着了一乘黄包车拖我到了迎龙桥下。从迎龙桥起，前面是宽广的汽车道了，两公司的驶往梅园的公共汽车，隔十分就有一乘开行，并且就是不坐汽车，从迎龙桥起再坐小照会的黄包车去，也是十分舒适的。到了此地，又是我的世界了，而实际上从此地起，不但有各种便利的车子可乘，就是叫一只湖船，叫它直摇出去，到太湖边上去摇它一晚，也是极容易办到的事情，所以在一家新的公共汽车行的候车的长凳上坐下的时候，我心里觉得是已经到了太湖边上的样子。

开原乡一带，实在是住家避世的最好的地方。九龙山脉，横亘在北边，锡山一塔，障得往东来的烟灰煤气，西南望去，不是龙山山脉的蜿蜒的余波，便是太湖湖面的镜光的返照。到处有桑麻的肥地，到处有起屋的良材，耕地的整齐，道路的修广，和一种和平气象的横溢，是在江浙各农区中所找不出第二个来的好地。可惜我没有去做官，可惜我不曾积下些钱来，否则我将不买阳羡之田，而来这开原乡里置它的三十顷地。营五亩之居，筑一亩之室。竹篱之内，树之以桑，树之以麻，养些鸡豚羊犬，好供岁时伏腊置酒高会之资；酒醉饭饱，在屋前的太阳光中一躺，更可以叫稚子开一开留声机器，听听克拉衣斯勒的提琴的慢调或卡儿骚的高亢的悲歌。若喜欢看点新书，那火车一搭，只教有半日工夫，就可以到上海的璧恒、别发，去买些最近出版的优美的书来。这一点卑卑的愿望，啊啊，这一点在大人先生的眼里看起来，简直是等于矮子的一个小脚指头般大的奢望，我究竟要在何年何月，才享受得到呢？罢罢，这样的在公共汽车里坐着，这样的看看两岸的疾驰过去的桑田，这样的注视注视龙山的秋景，这样的吸收吸收不用钱买的日色湖光，也就可以了，很可以了，我还是不要作那样的妄想，且念首清诗，聊作个过屠门

的大嚼罢！

Mine be a cot beside the hill
A bee-hive's hum shall soothe my ear；
A willowy brook that turns a mill，
With many a fall shall linger near.

The swal'ow，oft，beneath my thatch，
Shall twitter from her clay-built nest；
Oft shall the pilgrim lift the latch，
And share my meal，a welcome guest.

Around my ivied porch shall spring
Each fragrant flower that drinks the dew；
And Lucy，at her wheel，shall sing
In russet-gown and apron blue.

The village-church among the trees，
Where first our marriage-vows were given，
With merry peals shall swell the breeze
And point with taper spire to Heaven.

这样的在车窗口同诗里的蜜蜂似的哼着念着，我们的那乘公共汽车，已经驶过了张巷荣巷，驶过了一支小山的腰岭，到了梅园的门口了。

四

梅园是无锡的大实业家荣氏的私园，系筑在去太湖不远的一支小山上的别业，我的在公共汽车里想起的那个愿望，他早已大规模地为我实现造好在这里了；所不同者，我所想的是一间小小的茅篷，而他的却是红砖的高大的洋房，我是要缓步以当车，徒步在那些桑麻的野道上闲走的，而他却因为时间是黄金就非坐汽车来往不可的这些违异。然而人同此心，心同此理，看将起来，有钱的人的心理，原也同我们这些无钱无业的闲人的心理是一样的，我在此地要感谢荣氏的竟能把我的空想去实现而造成这一个梅园，我更要感谢他既造成之后而能把它开放，并且非但把它开放，而又能在梅园里割出一席地来租给人家，去开设一个接待来游者的公共膳宿之场。因为这一晚我是决定在梅园里的太湖饭店内借宿的。

大约到过无锡的人总该知道，这附近的别墅的位置，除了刚才汽车通过的那枝横山上的一个别庄之外，要算这梅园的位置算顶好了。这一条小小的东山，当然也是龙山西下的波脉里的一条，南去太湖，约只有小三里不足的路程，而在这梅园的高处，如招鹤坪前，太湖饭店的二楼之上，或再高处那荣氏的别墅楼头，南窗开了，眼下就见得到太湖的一角，波光容与，时时与独山，管社山的山色相掩映。至于园里的瘦梅千树，小榭数间，和曲折的路径，高而不美的假山之类，不过尽了一点点缀的余功，并不足以语园林营造的匠心之所在的。所以梅园之胜，在它的位置，

在它的与太湖的接而又离，离而又接的妙处，我的不远数十里的奔波，定要上此地来借它一宿的原因，也只想利用利用这一点特点而已。

在太湖饭店的二楼上把房间开好，喝了几杯既甜且苦的惠泉山酒之后，太阳已有点打斜了，但拿出表来一看，时间还只是午后的两点多钟。我的此来，原想看一看一位朋友所写过的太湖的落日，原想看看那落日与芦花相映的风情的，若现在就赶往湖滨，那未免去得太早，后来怕要生出久候无聊的感想来。所以走出梅园，我就先叫了一乘车子，再回到惠山寺去，打算从那里再由别道绕至湖滨，好去赶上看湖边的落日。但是锡山一停，惠山一转，遇见了些无聊的俗物在惠山泉水旁的大嚼豪游，及许多武装同志们的沿路的放肆高笑，我心里就感到了一心的不快，正同被强人按住在脚下，被他强塞了些灰土尘污到肚里边去的样子，我的脾气又发起来了，我只想登到无人来得的高山之上去尽情吐泻一番，好把肚皮里的抑郁灰尘都吐吐干净。穿过了惠山的后殿，一步一登，朝着只有斜阳和衰草在弄情调戏的濯濯的空山，不晓走了多少时候，我竟走到了龙山第一峰的头茅篷外了。

目的总算达到了，惠山锡山寺里的那些俗物，都已踏踢在我的脚下。四大皆空，头上身边，只剩了一片蓝苍的天色和清淡的山岚。在此地我可以高啸，我可以俯视无锡城里的几十万为金钱名誉而在苦斗的苍生，我可以任我放开大口来骂一阵无论那一个凡为我所疾恶者，骂之不足，还可以吐他的面，吐面不足，还可以以小便来浇上他的身头。我可以痛哭，我可以狂歌，我等爬山的急喘回复了一点之后，在那块头茅篷前的山峰头上竟一个人演了半日的狂态，直到喉咙干哑，汗水横流，太阳也倾斜到了很低很低的时候为止。

气竭声嘶，狂歌高叫的声音停后，我的两只本来是为我自己的噪聒弄得昏昏的耳里，忽而沁的钻入了一层寂静，风也无声，日也无声，天地草木都仿佛在一击之下变得死寂了。沉默，沉默，沉默，空处都只是沉默。我被这一种深山里的静寂压得怕起来了，头脑里却起了一种很可笑的后悔。“不要这世界完全被我骂得陆沉了哩？”我想，“不要山鬼之类听了我的啸声来将我接受了去，接到了他们的死灭的国里去了哩？”我又想，“我在这里踏着的不要不是龙山山头，不要是阴间的滑油山之类哩？”我再想。于是我就注意看了看四边的景物，想证一证实我这身体究竟还是仍旧活在这卑污满地的阳世呢，还是已经闯入了那个鬼也在想革命而谋做阎王的阴间。

朝东望去，远散在锡山塔后的，依旧是千万的无锡城内的民家和几个工厂的高高的烟突，不过太阳斜低了，比起午前的光景来，似乎加添了一点倦意。俯视下去，在东南的角里，桑麻的林影，还是很浓很密的，并且在那条白线似的大道上，还有行动的车类的影子在那里前进呢，那么至少至少，四周都只是死灭的这一个观念总可以打破了。我宽了一宽心，更掉头朝向了西南，太阳落下了，西南全面，只是眩目的湖光，远处银蓝濛澒，当是湖中间的峰面的暮霭，西面各小山的面影，也都变成了紫色了。因为看见了斜阳，看见了斜阳影里的太湖，我的已经闯入了死界的念头虽则立时打消，但是日暮途穷，只一个人远处在荒山顶上的一种实感，

却油然的代之而起。我就伸长了脖子拼命的查看起四面的路来，这时候我实在只想找出一条近而且坦的便道，好遵此便道而赶回家去。因为现在我所立着的，是龙山北脉在头茅篷下折向南去的一条支岭的高头，东西南三面只是岩石和泥沙，没有一条走路的。若再回至头茅篷前，重沿了来时的那条石级，再下至惠山，则无缘无故便白白的不得不多走许多的回头曲路，大丈夫是不走回头路的，我一边心里虽在这样的同小孩子似的想着，但实在我的脚力也有点虚竭了。“啊啊，要是这儿有一所庵庙的话，那我就可以不必这样的着急了。”我一边尽在看四面的地势，一边心里还在作这样的打算，“这地点多么好啊，东面可以看无锡全市，西面可以见太湖的夕阳，后面是头茅篷的高顶，前面是朝正南的开原乡一带的村落，这里比起那头茅篷来，形势不晓要好几十倍。无锡人真没有眼睛，怎么会将这一块龙山南面的平坦的山岭这样的弃置着，而不来造一所庵庙的呢？唉唉，或者他们是将这一个好地方留着，留待我来筑室幽居的罢？或者几十年后将有人来因我今天的在此一哭而为我起一个痛哭之台而与我那故乡的谢氏西台来对立的罢？哈哈，哈哈。不错，很不错。”末后想到了这一个夸大妄想狂者的想头之后，我的精神也抖擞起来了，于是拔起脚跟，不管它有路没有路，只是往前向那条朝南斜拖下去的山坡下乱走。结果在乱石上滑坐了几次，被荆棘钩破了一块小襟和一双线袜，我跳过几块岩石，不到三十分钟，我也居然走到了那支荒山脚下的坟堆里了。

到了平地的坟树林里来一看，西天低处太阳还没有完全落尽，走到了离坟不远的一个小村子的时候，我看了看表，已经是五点多了。村里的人家，也已经在预备晚餐，门前晒在那里的干草豆萁，都已收拾得好好，老农老妇，都在将暗未暗的天空下，在和他们的孙儿孙女游耍。我走近前去，向他们很恭敬的问了问到梅园的路径，难得他们竟有这样的热心，居然把我领到了通汽车的那条大道之上。等我雇好了一乘黄包车坐上，回头来向他们道谢的时候，我的眼角上却又扑簌簌地滚下了两粒感激的大泪来。

五

山居清寂，梅园的晚上，实在是太冷静不过。吃过了晚饭，向庭前去一走，只觉得四面都是茫茫的夜雾和每每的荒田，人家也看不出来，更何况乎灯烛辉煌的夜市。绕出园门，正想拖了两只倦脚走向南面野田里去的时候，在黄昏的灰暗里我却在门边看见了一张有几个大字写在那里的白纸。摸近前去一看，原来是中华艺大的旅行写生团的通告。在这中华艺大里，我本有一位认识的画家C君在那里当主任的，急忙走回饭店，教茶房去一请，C君果然来了。我们在灯下谈了一会，又出去在园中的高亭上站立了许多时候，这一位不趋时尚，只在自己精进自己的技艺的画家，平时总老是呐呐不愿多说话的，然而今天和我的这他乡的一遇，仿佛把他的习惯改过来了，我们谈了些以艺术作了招牌，拼命的在运动做官做委员的艺术家的行为。我们又谈到了些设了很好听的名目，而实际上只在骗取青年学子的学费的艺术教育家的心迹。

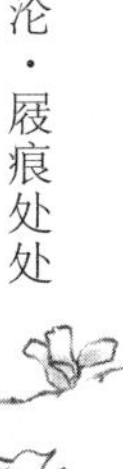

我们谈到了艺术的真髓，谈到了中国的艺术的将来，谈到了革命的意义，谈到了社会上的险恶的人心，到了叹声连发，不忍再谈下去的时候，高亭外的天色也完全黑了。两人伸头出去，默默地只看了一回天上的几颗早见的明星。我们约定了下次到上海时，再去江湾访他的画室的日期，就各自在黑暗里分手走了。

大约是一天跑路跑得太多了的缘故罢，回旅馆来一睡，居然身也不翻一个，好好儿的睡着了。约莫到了残宵二三点钟的光景，槛外的不知从那一个庙里来的钟磬，尽是当当当当的在那里慢击。我起初梦醒，以为是附近报火的钟声，但披衣起来，到室外廊前去一看，不但火光看不出来，就是火烧场中老有的那一种叫噪的人号狗吠之声也一些儿听它不出。庭外如云如雾，静浸着一庭残月的清光。满屋沉沉，只充满着一种遥夜酣眠的呼吸。我为这钟声所诱，不知不觉，竟扣上了衣裳，步出了庭前，将我的孤零的一身，浸入了仿佛是要粘上衣来的月光海里。夜雾从太湖里蒸发起来了，附近的空中，只是白茫茫的一片。叉桠的梅树林中，望过去仿佛是有人立在那里的样子。我又慢慢的从饭店的后门，步上了那个梅园最高处的招鹤坪上。南望太湖，也辨不出什么形状来，不过只觉得那面的一块空阔的地方，仿佛是由千千万万的银丝织就似的，有月光下照的清辉，有湖波返射的银箭，还有如无却有，似薄还浓，一半透明，一半粘湿的湖雾湖烟，假如你把身子用力的朝南一跳，那这一层透明的白网，必能悠扬地牵举你起来，把你举送到王母娘娘的后宫深处去似的。这是我当初看了那湖天一角的景象的时候的感想。但当万籁无声的这一个月明的深夜，幽幽地慢慢地，被那远寺的钟声，当嗡，当嗡的接连着几回有韵律似的催告，我的知觉幻想，竟觉得渐渐地渐渐地麻木下去了，终至于什么也不想，什么也不干，两只脚柔软地跪坐了下去，眼睛也只同呆了似的钉视住了那悲哀的残月不能动了。宗教的神秘，人性的幽幻，大约是指这样的时候的这一种心理状态而说的罢，我象这样的和耶稣教会的以马内利的圣像似的，被那幽婉的钟声，不知魔伏了许多时，直到钟声停住，木鱼声发，和尚——也许是尼姑——的念经念咒的声音幽幽传到我耳边的时候，方才挺身立起，回到了那旅馆的居室里来，这时候大约去天明总也已经不远了罢？

回房不知又睡着了几个钟头，等第二次醒来的时候，前窗的帷幕缝中却漏入了几行太阳的光线来。大约时候总也已不早了，急忙起来预备了一下，吃了一点点心，我就出发到太湖湖上去。天上虽各处飞散着云层，但晴空的缺处，看起来仍可以看得到底的，所以我知道天气总还有几日好晴。不过太阳光太猛了一点，空气里似乎有多量的水蒸气含着，若要登高处去望远景，那象这一种天气是不行的，因为晴而不爽，你不能从厚层的空气里辨出远处的寒鸦林树来，可是只要看看湖上的风光，那象这样的晴天，也已经是尽够的了。并且昨晚上的落日没有看成，我今天却打算牺牲它一天的时日，来试试太湖里的远征，去找出些前人所未见的岛中僻景来，这是当走出园门，打杨庄的后门经过，向南走入野田，在走上太湖边上去的时候的决意。

太阳升高了，整洁的野田里已有早起的农夫在辟土了。

行经过一块桑园地的时候，我且看见了两位很修媚的姑娘，头上罩着了一块白布，在用了一根竹杆，打下树上的已经黄枯了的桑叶来。听她们说这也是蚕妇的每年秋季的一种工作，因为枯叶在树上悬久了，那老树的养分不免要为枯叶吸几分去，所以打它们下来是很要紧的，并且黄叶干了，还可以拿去生火当柴烧，也是一举两得的事情。

在野田里的那条通至湖滨的泥路，上面铺着的尽是些细碎的介虫壳儿，所以阳光照射下来，有几处虽只放着明亮的白光，但有几处简直是在发虹霓似的彩色。

像这样的有朝阳晒着的野道，像这样的有林树小山围绕着的空间，况且头上又是青色的天，脚底下并且是五彩的地，饱吸着健康的空气，摆行着不急的脚步，朝南的走向太湖边去，真是多么美满的一幅清秋行乐图呀！但是风云莫测，急变就起来了，因为我走到了管社山脚，正要沿了那条山脚下新辟的步道走向太湖旁的一小湾，俗名五里湖滨的时候，在山道上朝着东面的五里湖心却有两位着武装背皮带的同志和一位穿长袍马褂的先生立在那里看湖面的扁舟。太阳光直射在他们的身上，皮带上的镀镍的金属，在放异样的闪光。我毫不留意地走近前去，而听了我的脚步声将头掉转来的他们中间的武装者的一位，突然叫了我一声，吃了一惊我张开了大眼向他一看，原来是一位当我在某地教书的时候的从前的学生。

他在学校里的时候本来就是很会出风头的，这几年来际会风云，已经步步高升成了党国的要人了，他的名字我也曾在报上看见过几多次的，现在突然的在这一个地方被他那么的一叫，我真骇得颜面都变成了土色了。因为两三年来，流落江湖，不敢出头露面的结果，我每遇见一个熟人的时候，心里总要怦怦的惊跳。尤其是在最近被几位满含恶意的新闻记者大书了一阵我的叛党叛国的记载以后，我更是不敢向朋友亲戚那里去走动了。而今天的这一位同志，却是党国的要人，现任的中委机关里的党务委员，若论起罪来，是要从他的手中发落的，冤家路窄，这一关叫我如何的偷逃过去呢？我先发了一阵抖，立住了脚呆木了一下，既而一想，横竖逃也逃不脱了，还是大着胆子迎上去罢，于是就立定主意保持着若无其事的态度，前进了几步，和他握了握手。

“呵！怎么你也会在这里！”我很惊喜似地装着笑脸问他。

“真想不到在这里会见到先生的，近来身体怎么样？脸色很不好哩！”他也是很欢喜地问我。看了他这样态度，我的胆子放大了，于是就造了一篇很圆满的历史出来报告给他听。

我说因为身体不好，到太湖边上来养病已经有二年多了，自从去年夏天起，并且因为闲空不过，就在这里聚拢了几个小学生来在教他们的书，今天是礼拜，所以才出来走走，但吃中饭的时候却非要回去不可的，书房是在城外 ×× 桥 ×× 巷的第 ×× 号，我并且要请他上书房去坐坐，好细谈谈别后的闲天。我这大胆的谎语原也已经听见了他这一番来锡的任务之后才敢说的，因为他说他是来查勘一件重大党务的，在这太湖边上一转，午后还要上苏州去，等下次再有来无锡的机会的时候再来拜访，这是他的遁辞。

他为我介绍了那另外的两位同志，我们就一同的上了万顷堂，上了管社山，我等不到一碗清茶泡淡的时候，就设辞

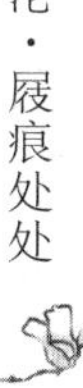

和他们告别了。这样的我在惊恐和疑惧里，总算访过了太湖，游尽了无锡，因为中午十二点的时候我已同逃狱囚似的伏在上行车的一角里在喝压惊的“苦配”啤酒了。这一次游无锡的回味，实在也同这啤酒的味儿差仿不多。

一九二八年十一月作者在途中记

西游日录

一九三四年（甲戌），三月二十八日（旧二月十四），星期三，大雨，寒冷如残冬。

晨四时，乱梦为雨声催醒，不复成寐；起来读歙县黄秋宜少尉《黄山纪游》一卷，系前申报馆仿宋聚珍版之铅印本，为《屑玉丛谈》二集中之一种。这游记，共二十五页，记自咸丰九年己未八月二十八日从潭渡出发去黄山，至同年九月十一日重返潭渡间事。文笔虽不甚美，但黄山的伟大，与夫攀涉之不易，及日出，云升，松虬，石壁，山洞，绝涧，飞瀑，温泉诸奇景，大抵记载详尽。若去黄山，亦可作导游录看，故而收在行箧中。

昨日得上海信，知此次同去黄山游者，还有四五位朋友，膳宿旅费，由建设厅负担，沿路陪伴者，由公路局派往，奉宪游山，虽难免不贻——山灵忽地开言道："小的青山见老爷！"——之讥，然而路远山深，像我等不要之人无产之众，要想作一度壮游，也颇非易事。更何况脚力不健，体力不佳，

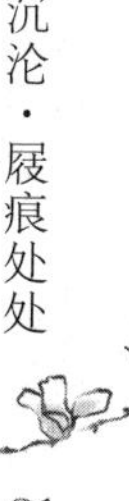

无徐霞客之胆量，无阮步兵之猖狂，若语堂、光旦等辈，则尤非借一点官力不行了。

午后四时，大雨中，忽来了一张建设厅的请帖，和秋原、增嘏、语堂等到杭，现住西湖饭店的短简。冒雨前去，在西湖饭店楼下先见了一群文绉绉的同时出发之游览者及许多熟人；全、叶、潘、林，却雅兴勃发，已上西泠印社，去赏玩山色空濛的淡妆西子了。伫候片时，和这个那个谈谈天气与旧游之地，约莫到了五点，四位金刚，方才返寓。乱说了一阵，并无原因地哄笑了几次，我们就决定先去吃私菜，然后再去陪官宴。吃私菜处，是寰宇驰名的王饭儿，官宴在湖滨中行别业的大厅上。

私菜吃完，赶至湖滨，中行别业的大厅上，灯烛辉煌，摆满了五六桌热气蒸腾的菜。在全堂哄笑大嚼的乱噪声中，又决定四十余人，分五路出发；一路去南京芜湖，一路去天台雁荡，一路去绍兴宁波，一路去杭江沿线，一路去徽州，直至黄山。语堂、增嘏、光旦、秋原，《申报》馆的徐天章与《时事新报》馆的吴宝基两先生，以及小子，是去黄山者，同去的为公路局的总稽查金钱甫先生。

游临安县玲珑山及钱王墓

三月二十九日，星期四，晴。

昨晚雨中夹雪，喝得醉醺醺回来的路上，心里颇有点儿犹豫；私下在打算，若明天雨雪不止者，则一定临发脱逃，做一次旅行队里的 Renegade，好在不是被招募去的新兵，罪名总没有的。今天五六点钟，探头向窗帷缺处一望，天色竟青苍苍的晴了，不得已只好打着呵欠，连忙起来梳洗更衣，料理行箧，赶到湖滨，正及八点，一群奉宪游山者，早已手忙脚乱，立在马路边上候车子来被搬去了。我们的车子，出武林门，过保俶塔，向秦亭山脚朝西驶去的时候，太阳还刚才射到了老和山的那一座黄色的墙头。

宿雨初晴，公路明洁，两旁人行道上，头戴着银花，手提着香篮的许多乡下的善男信女，一个个都笑嘻嘻地在尘灰里对我们呆着，于是乎就有了我们这一批游山老爷的议论。

“中国的老百姓真可爱呀！”是语堂的感叹。

“春秋二季是香市，是她们的唯一的娱乐。也可以借此去游山玩水，也可以借此去散发性欲，Pilgrimage 之为用，真大矣者！”是精神分析学者光旦的解释。

“她们一次烧香，实在也真不容易。恐怕现在在实行的这计划，说不定是去年年底下就定下了，私私地在积些钱下来。直到如今，几个月中间果然也没有什么特别事故发生，她们一面感谢着菩萨的灵佑，一面就这么地不远千里而步行着来烧香了。”这又是语堂的 Dichtung。

增嘏、秋原大约是坐在前面的头等座位里，故而没有参加入车中的讨论。一路上的谈话，若要这样的笔录下来，起码有两三部 CanterburvTales 的分量，然而时非中世，我亦非英文文学之祖，姑从割爱，等到另有机会时再写也还不迟。

车到临安之先，在一处山腰水畔，看见了几家竹篱茅舍的人家，山前山后，茶叶一段段的在太阳光里吐气。门前桃树一株，开得热闹如云，比之所罗门的荣华，当然只有过之。

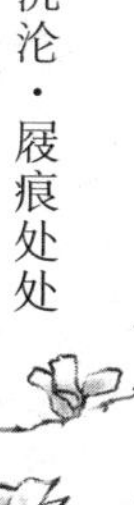

骚——这字音虽不雅，但义却含两面——兴一动，我就在日记簿上写下了两行曲蟺似的字：

泥壁茅蓬四五家，山茶初茁两三芽。

天晴男女忙农去，闲杀门前一树花。

这一种乡村春日的自在风光，一路上不知见了多少。可惜没有史梧冈那么的散记笔法，能替他们传神写照，点画出来，以飨终年不出都市的许多大布尔先生。

临安县在余杭之西，去杭州约百余里，是钱武肃王的故里；至今武肃王墓对面的那支大功山上，还有一座纪念钱氏的功臣塔建立在那里。依路局规定的路线，则西来第一处登山，当在临安县西十里地的玲珑山。午前十点左右，车到了临安站，先教站中预备午饭，我们就又开车，到玲珑站下来步行。在田塍路上，溪水边头，约莫走了两三里地的软泥松路，才到了玲珑山口。

玲珑山的得名，依县志所载，则因它“两峰屹崎，盘空而上，故曰玲珑”。实在则这山的妙处，是在有石有泉，而又有苏、黄、佛印的游踪，与夫禅妓琴操的一墓。你试想想，既有山，复有水，又有美人，又有名士，在这里中国的胜景的条件，岂不是样样齐备了么？玲珑山的所以比径山、九仙山更出名，更有人来玩的原因，我想总也不外乎此。还有一件，此山离县治不远，登山亦无不便，而历代的临安仕宦乡绅，又乐为此经营点缀，所以临安虽只一瘦瘠的小县，而此山的规模气概，也可以与通都大邑的名山相并。地之传与不传，原也有幸不幸的气数存在其间。

入山行一二里，地势渐高。山径曲折，系沿着两峰之间的一条溪泉而上。一边是清溪，一边是绝壁。壁岩峻处，半山间有“玲珑胜境”的四大字刻在那里。再上是东坡的“醉眠石”，“九折岩”。三休亭的遗址，大约也在这半山之中。壁上的摩崖石刻，不计其数。可惜这山都是沙石岩，风化得厉害，石刻的大半，都已经辨认不清了。最妙的是苏东坡的那块“醉眠石”，在山溪的西旁，石壁下的路东，长长的一块方石，横躺下去，也尽可以容得一人的身长，真像是一张石做的沙发。东坡的究竟有没有在此石上醉眠过，且不去管它，但石上的三字，与离此石不远的岩壁上的“九折岩”三字，以及“何年僵立两苍龙”的那一首律诗，相传都是东坡的手笔；我非考古金石家，私自想想这些古迹还是貌虎认它作真的好，假冒风雅比之烧琴煮鹤，究竟要有趣一点。还有“醉眠石”的东首，也有一块山石，横立溪旁，上镌“琴声”两篆字，想系因流水淙淙有琴韵，与“琴操墓”就在上面的双关佳作，因为不忍埋没这作者的苦心，故而在此提起一句。

沿溪摸壁，再上五六十步，过合涧泉，至山顶下平坦处，有一路南绕出西面一枝峰下。顺道南去，到一处突出平坦之区，大约是收春亭的旧址。坐此处而南望，远近的山峰田野，尽在指顾之间，平地一方，可容三四百人。平地北面，当山峰削落处，还留剩一石龛，下复古石刻像三尊，相传为东坡、佛印、山谷三人遗像，明褚栋所说的因梦得像，因像建碑的处所，大约也就在这里，而明黄鼎象所记的剩借亭的遗址，总也是在这一块地方了，俗以此地为三休亭，更讹为三贤祠，

皆系误会者无疑。

在石龛下眺望了半天，仍遵原路向北向东，过一处菜地里的碑亭，就到了玲珑山寺里去休息。小坐一会，喝了一碗茶，更随老僧出至东面峰头，过钟楼后，便到了琴操的墓下。一抔荒土，一块粗碑，上面只刻着“琴操墓”的三个大字，翻阅新旧《临安县志》，都不见琴操的事迹，但云墓在寺东而已，只有冯梦祯的《琴操墓》诗一首：

弦索无声湿露华，白云深处冷袈裟。
三泉金骨知何地，一夜西风扫落花。

抄在这里，聊以遮遮《临安县志》编者之羞。

同游者潘光旦氏，是冯小青的研求者，林语堂氏是《桃花扇》里的李香君的热爱狂者，大家到了琴操墓下，就齐动公愤，说《临安县志》编者的毫无见识。语堂且更捏了一本《野叟曝言》，慷慨陈词地说：

“光旦，你去修冯小青的墓吧，我立意要去修李香君的坟，这琴操的墓，只好让你们来修了。”

说到后来，眼睛就盯住了我们，所谓你们者，是在指我们的意思。因这一段废话，我倒又写下了四句狗屁。

山既玲珑水亦清，东坡曾此访云英。
如何八卷《临安志》，不记琴操一段情。

东坡到临安来访琴操事，曾见于菜地里的那一块碑文之上，而毛子晋编的《东坡笔记》里（梁廷楠编之《东坡事类》中所记亦同），也有一段记琴操的事情说：

> 苏子瞻守杭日，有妓名琴操，颇通佛书，解言辞，子瞻喜之。一日游西湖，戏语琴操曰："我作长老，汝试参禅！"琴操敬诺。子瞻问曰："何谓湖中景？"对曰："落霞与孤鹜齐飞，秋水共长天一色。""何谓景中人？"对曰："裙拖六幅湘江水，髻挽巫山一段云。""何谓人中意？"对曰："随他杨学士，鳖杀鲍参军。""如此究竟何如？"琴操不答，子瞻拍案曰："门前冷落车马稀，老大嫁作商人妇。"琴操言下大悟，遂削发为尼。

这一段有名的东坡轶事，若不是当时好奇者之伪造，则关于琴操，合之前录的冯诗，当有两个假设好定，即一，琴操或系临安人，二，琴操为尼，或在临安的这玲珑山附近的庵中。

我们这一群色情狂者还在琴操墓前争论得好久，才下山来。再在玲珑站上车，东驶回去，上临安去吃完午饭，已经将近二点钟了；饭后并且还上县城东首的安国山（俗称太庙山）下，去瞻仰了一回钱武肃王的陵墓。

武肃王的丰功伟烈，载在史册；除《吴越备史》之外，就是新旧《临安县志》《杭州府志》等，记钱氏功业因缘的文字，也要占去大半；我在此地本可以不必再写，但有二三琐事，系出自我之猜度者，顺便记它一记，或者也可以供一般研究史实者的考订。

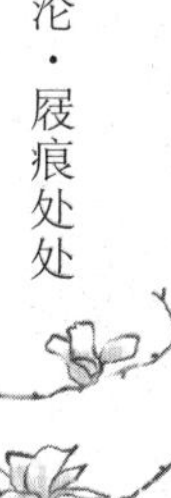

钱武肃王出身市井，性格严刻，自不待言，故唐僧贯休呈诗，有“一剑霜寒十四州”之句。及其衣锦还乡，大宴父老时，却又高歌着“斗牛无孛兮民无欺”等语；酒酣耳热，王又自唱吴歌娱父老曰：“汝辈见侬的欢喜，吴人与我别是一般滋味，子长在我心子里。”则他的横征暴敛，专制刻毒，大旨也还为的是百姓，并无将公帑存入私囊去的倾向。到了他的末代忠懿王钱宏俶，还能薄取于民，使民垦荒田，勿收其税，或请科赋者，杖之国门，也难怪得浙江民众要怀念及他，造保俶塔以资纪念了。还有一件事实，武肃王妃，每岁春必归临安，王遗妃书曰：“陌上花开，可缓缓归矣。”吴人至用其语为歌。我意此书，必系王之书记新城罗隐秀才的手笔，因为语气温文，的是诗人出口语也。

自钱王墓下回来，又坐车至藻溪。换坐轿子，向北行四十里而至天目。因天已晚了，就在西天目山下的禅源寺内宿。

游西天目

三月三十日，星期五，阴晴。

西天目山，属于潜县。昨天在地名藻溪的那个小站下车，坐轿向北行三四十里，中途曾过一教口岭，高峻可一二十丈。过教口岭后，四面的样子就不同了。岭外是小山荒田的世界，落寞不堪；岭内向北，天目高高，就在面前，路旁流水清沧，自然是天目山南麓流下来的双清溪涧，或合或离，时与路会，村落很多，田也肥润，桥梁路亭之多，更不必说了。经过白鹤溪上的白鹤桥、月亮桥后，路只在一段一段的斜高上去。入大有村后，已上山路，天色阴阴，树林暗密，一到山门，在这夜阴与树影互竞的黑暗网里，远远听到了几声钟鼓梵唱的催眠暗示，一种畏怖，寂灭，皈依，出世的感觉，忽如雷电似的向脑门里袭来。宗教的神秘作用，奇迹的可能性，我们在这里便领略了一个饱满，一半原系时间已垂暮的关系，一半我想也因一天游旅倦了，筋骨气分，都已有点酥懈了的缘故。

西天目的开山始祖，是元嘉熙年生下来的吴江人高峰禅师。修行坐道处，为西峰之狮子岩头，到现在西天目还有一处名死关的修道处，就系高峰禅师当时榜门之号。禅师的骨塔，现在狮子峰下的狮子口里。自元历明，西天目的道场庙宇，全系建筑在半山的，这狮子峰附近一带的所谓狮子正宗禅寺者是。元以前，西天目山名不确见于经传，东坡行县，也不曾到此，谢太傅游山，屐痕也不曾印及。元明两代，寺屡废屡兴，直至清康熙年间，玉林国师始在现在的禅源寺基建高峰道场，实即元洪乔祖施田而建之双清庄遗址。

在阴森森的夜色里，轿子到了山门，下轿来一看，只看见一座规模浩大的八字黄墙，墙内墙外，木架横斜，这天目灵山的山门似正在动工修理，入门走一二里，地高一段，进天王殿；再高一段，入韦驮宝殿；又高一段，是有一块“行道”的匾额挂在那里的法堂。从此一段一段，高而再高，过大雄宝殿，穿方丈居室，曲折旋绕，凡走了十几分钟，才到了东面那间五开间的楼厅上名来青室的客堂里。窗明几净，灯亮房深，陈设器具，却像是上海滩上的头号旅馆，只少了

几盏电灯，和卖唱卖身的几个优婆夷耳。

正是旧历的二月半晚上，一餐很舒适的素菜夜饭吃后，云破月来，回廊上看得出寺前寺后的许多青峰黑影，及一条怪石很多的曲折的山溪。溪声铿锵，月色模糊，刚读完了第二十八回《野叟曝言》的语堂大师，含着雪茄，上回廊去背手一望，回到炉边，就大叫了起来说：

“这真是绝好的 Dichtung！”

可惜山腰雪满，外面的空气尖冷，我们对了这一个清虚夜境，只能割爱；吃了些从天王殿的摊贩处买来的花生米和具有异味的土老酒后，几个 Dichter 也只好抱着委屈各自上床去做梦了。

侵晨七点，诗人们的梦就为山鸟的清唱所打破，大家起来梳洗早餐后，便预备着坐轿上山去游山。语堂受了一点寒，不愿行动，只想在禅源寺的僧榻上卧读《野叟曝言》，所以不去。

山路崎岖陡削，本是意计中事；但这西天目山的路，实在也太逼侧了；因为一面是千回百折的清溪，一面是奇岩矗立的石壁，两边都开凿不出路来，故而这条由细石巨岩叠成的羊肠曲径，只能从树梢头绕，山嘴里穿。我们觉得坐在轿子里，有三条性命的危险，所以硬叫轿夫放下轿来，还是学着诗人的行径，缓步微吟，慢慢儿地踏上山去。不过这微吟，到后来终于变了急喘，说出来倒有点儿不好意思。

扶壁沿溪提脚弯腰的上去，过五里亭，七里亭。山爬得愈高，树来得更密更大，岩也显得愈高愈奇，而气候尤变得十分的冷。西天目山产得最多的柳杉树的干上针叶上，还留有着点点的积雪，岩石上尽是些水晶样的冰条。尤其是狮子峰下，将到狮子口高峰禅师塔院快的路上，有一块倒覆的大岩石，横广约有二三十丈，在这岩上倒挂在那里的一排冰柱，直是天下奇观。

到了狮子口去休息了数刻钟，从那茅蓬的小窗里向南望了一下，我们方才有了爬山的自信。这狮子口虽则还在半山，到西天目的绝顶“天下奇观”的天柱峰头，虽则还有十几里路，但从狮子口向南一望，已经是缥缈凌空，巨岩小阜，烟树，云溪，都在脚下；翠微岩华石峰旭日峰下的那一座禅源大禅寺，只像是画里的几点小小的山斋，不知不觉，我们早已经置身在千丈来高的地域了。山茶清酽，山气沍寒，山僧的谈吐，更加是幽闲别致，到了这狮子口里，展拜展拜高峰禅师的坟墓，翻阅翻阅西天目祖山志上的形胜与艺文，这里那里的指点指点，与志上的全图对证对证，我们都已经有点儿乐而忘返，想学学这天目山传说中最古的那位昭明太子的父亲，预备着把身体舍给了空门。

说起了昭明太子，我却把这天目山中最古的传说忘了，现在正好在这里补叙一下。原来天目山的得名，照万历临安县旧志之所说，是在“县西北五十里。即浮玉山，《大藏经》谓为宇内三十四洞天，名太微元盖之天。《太平寰宇记》曰：水缘山曲折，东西巨源若两目，故曰天目。西目属於潜，东目属临安。梁昭明太子，以葬母丁贵嫔，被宫监鲍邈之谮，不能自明，遂惭愤不见帝（武帝），来临安东天目山禅修，取汉及六朝文字遴之，为《文选》二十卷，取《金刚经》，分为三十二节，心血以枯，双目俱瞽。禅师志公，导取石池

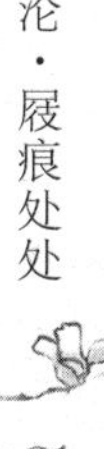

水洗之，一目明；复于西天目山，取池水以洗之，双目皆明。不数年，帝遣人来迎；兵马候于天目山之麓，因建寺为等慈院。”

这一段传说，实在是很有诗意的一篇宫闱小说；大约因为它太有诗意了罢，所以《临安志》《於潜志》，都详载此事，借做装饰。结果弄得东天目有洗眼池，昭明寺，太子殿，分经台，西天目也同样的有洗眼池，昭明寺，太子殿，分经台。文人活在世上，文章往往不值半分钱，大抵饥饿以死。到了肉化成炭，骨变成灰的时候，却大家都要来攀龙附凤，争夺起来了，这岂真是文学的永久性的效力么？分析起来，我想唯物的原因，总也是不少的。因为文人活着，是一样的要吃饭穿衣生儿子的，到得死了几百年之后，则物的供给，当然是可以不要。提一提起某曾住此，某曾到此，活人倒可以吸引游客，占几文光；和尚道士，更可以借此去募化骗钱，造起庄严灿烂的寺观宝刹来，这若不是唯物的原因又是什么？

从狮子口出来，看了千丈岩，狮子岩，缘山径向东，过树底下有一泓水在的洗钵池，更绕过所谓“树王”的那一棵有十五六抱大的大杉树，行一二里路，就到了更上一层的开山老殿。这自狮子口至开山殿的山腰上的一段路都平坦，老树奇石多极，宽平广大的空基也一块一块的不知有多少，前面说过的西天目古代的寺院，一定是在这一带地方的无疑，开山老殿或者就是狮子正宗禅寺，也说不定。开山殿后轩，挂在那里的一块徐世昌写的“大树堂”大字匾额，想系指“树王”而说的了。实际上，这儿的大树很多，也并不能算得唯一的希奇景致，西天目的绝景，却在离开山老殿不远，向南突出去的两支岩鼻上头。从这两支岩鼻上看下去的山谷全景，才是西天目的唯一大观；语堂大师到了西天目，而不到此地来一赏附近的山谷全景，与陡削直立的峭壁奇岩，才叫是天下的大错，才叫是 Dichtung 反灭了 Wahrheit！

岩鼻的一支，是从开山殿前稍下向南，凭空拖出约有一里地长的独立奇峰，即和尚们所说的“倒挂莲花”的那一块地方。所谓“倒挂莲花”者，系一簇百丈来高的岩石，凌空直立在那里，看起来像一朵莲花。这莲花的背后，更有一条绝壁，约有二百丈高，和莲花的一瓣相对峙，立在壁下向上看出去，只有一线二三尺宽的天，白茫茫的照在上面。莲花石旁，离开几尺的地方，又有一座石台，上面平坦，建有一个八角的亭子。在这亭子的路东，奇岩一簇，也像是向天的佛手，兀立在深谷的高头。上这佛手指头，去向南一展望，则几百里路内的溪谷，人家，小山，田地，都看得清清楚楚；一条一条的谷，一缕一缕的溪，一陇一坞的田，拿一个譬喻来说，极像是一把倒垂的扇子；扇骨就是由西天目分下去的余脉，扇骨中间的白纸，就是介在两脉之间的溪谷与乡村，还有画在这扇子上面的名画，便是一幅菜花黄桃花红李花白山色树木一抹青青的极细巧的工笔画!

其他的一支岩鼻，就是有一个四面佛亭造在那里的一条绝壁，比“倒挂莲花”位置稍东一点，与“倒挂莲花”隔着一个万丈的深谷，遥遥相对。从四面佛亭向东向南看下去的风景，和在“倒挂莲花”所见到的略同。不过在这一个岩鼻上，可以向西向下看一看西天目山境内的全山和寺院，这也

是一点可取的地方。

从四面佛的岩鼻，走回来再向东略上，到半月池。再东去一里，是龙潭（或称龙池），是东关望夫石等地方了，我们因为肚子饿，脚力也有点不继，所以只到了半月池为止。

在开山殿里吃过午饭，慢慢走下山来，走了三五里路，从山腰里向东一折，居然到了四面佛绝壁下的一块平地的上面。这地方名东坞坪，禅源寺的始建者玉林（亦作琳）国师的塔院，就在这里，墓碣题为“三十一世玉琳琇法师之塔院”。

由东坞坪再向西向南的下山，到了五里亭，仍上来时的原路；回到昨晚的宿处禅源寺，已经是午后四点多钟了。重遇见了语堂，大家就都夸大几百倍地说上面风景的怎么好怎么好，不消说在 Wahrheit 上面又加了许许多多的 Dichtung，目的不外乎想使语堂发生点后悔，这又是人性恶的一个证明。但语堂也是一位大 Dichter，那里肯甘心示弱，于是乎他也有了他的迭希通。

晚上当然仍留禅源寺的客房里宿。

在西天目这禅源寺里花去了两夜和一天，总算也约略地把西天目的面貌看过了。但探胜穷幽，则完全还谈不上。不过袁中郎所说的飞泉，奇石，庵宇，云峰，大树，茶笋的天目六绝，我们也都已经尝到。只因雷雨不作，没有听到如婴啼似的雷声，却是一恨。光旦，增嘏辈亦是好胜者流，说：“袁中郎总没有看到冰柱！”这话倒真也不错。

西天目禅源寺有田产极多，故而每年收入也不少；檀家的施舍，做水陆的收入，少算算一年中也有十余万元。全山的茅蓬，全寺的二三百僧侣，吃饭穿衣是当然不成问题的。至于寺内的组织，和和尚的性欲问题等，大约是光旦的得意题目，我在此地，只好略去。

游东天目

三月三十一日，星期六，晴而不朗。

晨八时起床，早餐后，坐轿出禅源寺而东去；渡幡龙桥，涉朱头陀岭，过旭日峰而下至一谷，沿溪行，是发源于泥岭北坑的东关溪的支流。昨天自“倒挂莲花”看下来的扇中的一谷，就是这里的嘉德、前乡等地方，到了此地，我们的一批人马，已成了扇子画上的人物了。天目两山相距约三十余里，自西徂东，经六角岭（俗称），门岭等险峻石山，然后到东天目西麓的新溪。东山下有一个昭明庵在，下轿小息，看了一块古文选楼的匾额，和一座小小的太子塔，再上山，行十里，就可以看得见东天目昭明禅院的钟楼与分经台。

我们这一次来，系由藻溪下车，先至西天目而倒行上东天目的，若欲先上东天目去，则应在化龙站下车，北行三十里即达。总之，无论先东后西，或先西后东，若欲巡拜这两座名山，而作浙西之畅游者，那一个两山之间的大谷，与三条岭，数条溪，四五个村庄，必须经过。桃李松杉，间杂竹树；田地方方，流水绕之；三面高山，向南低落，南山隐隐，若臣仆之拱北宸，说到这一个东、西两天目之间的乡村妙景，倒也着实有点儿可爱。

从昭明庵东上的那一条天目山脚，俗称老虎尾巴。到五

里亭而至一小山之脊。从此一里一亭，盘旋上去，经过拼虎石，碎玉坡而至螺蛳旋的路侧，就看得见东面白龙池下的那个东崖瀑布了。这瀑布悬两峰之间，老远看过去，还有数丈来高，瀑声隐隐若雷鸣，但可望而不可即，我们因限于日期，不能慢慢的去寻幽探险，所以对于这东崖瀑布，只在路上遥致了一个敬礼。

螺蛳旋走完，向一支山角拐过，就到了东天目山门外的西岭垂虹，实在是一幅画样的美景。行人到此，一见了这银河落九天似的飞瀑，瀑身左右的石壁，以及瀑流平处架在那里的桥亭——名垂虹桥亭——总要大吃一惊，以为在如此高高的高山中，那里会有这样秀丽，清逸，缥缈的瀑布和建筑的呢？我们这一批难民似的游山者，到了瀑布潭边，就把饥饿也忘了，疲倦也丢了，文绉绉的诗人模样做作也脱了；蹲下去，跳过来，竟大家都成了顽皮的小孩，天生的蛮种，完全恢复了本来的面目。等到先到寺里的几位招呼我们的人出来，叫我们赶快去吃午饭的时候，我们才一步一回头地离开了那一条就在山门西面的悬崖瀑布。

离瀑布，过垂虹，拾级而登，在大树夹道的山门内径上走里把来路，再上一层，转一个弯，就到了昭明禅院的内殿。我们住的客堂，亦即方丈打坐偃息之房，是在寺的后面东首，系沿崖而筑的一间山楼。山房清洁高敞，红尘飞不到，云雾有时来，比之西天目，规模虽略小，然而因处地高，故而清静紧密，要胜一筹。东天目并且自己还有发电机，装有寺内专用的电灯，这一点却和普陀的那个大旅馆似的文昌阁有点相像。方丈德明，年轻貌慧，能经营而善交际，我们到后，陪吃饭，陪游山，谈吐之间，就显露出了他的尽可以做得这一区名山的方丈的才能。

查这昭明禅院的历史——见《东山志》——当然是因昭明太子而来。梁大同间，僧宝志——即志公——飞锡居之。元末毁，明洪武二十年重建，万历初又毁，清康熙年间，临安黄令倡缘新之。洪杨时，当然又毁灭了。后此的修者不明，若去一看现存的碑记，自然可以明白。寺的规模，虽然没有西天目禅源寺那么的宏大，然天王殿，韦驮阁，大雄宝殿，藏经阁等，无不应有尽有。可惜藏经阁上，并不藏经，是一座四壁金黄的千佛阁，乡下人称百子堂，在寺的西面。此外则僧寮不多，全山的茅蓬，仰食于总院者，也只有寥寥的几个，因以知此寺寺产定不如西天目的富而且广，不过檀越的施舍，善男信女的捐助，一年中也定有可观，否则装电灯，营修造的经费，将从何处得来呢？

吃过午饭，我们由方丈陪伴，就大家上了西面高处的分经台。台荒寺坏，现在只变了一个小小的茅蓬。分经台西侧，行五十余步，更有一个葛稚川的炼丹池，池上也有茅蓬一，修道僧一。到了分经台，大家的游兴似乎尽了，但我与金錢甫、吴宝基、徐成章三位先生，更发了痴性，一定想穷源探底，上一上这东天目的极顶。因为志书上说，西天目高三千五百丈，东天目高三千九百丈，一置身在东天目顶，就可以把浙江半省的山川形势，看得澈底零清，既然到了这十分之八的分经台上，那又谁肯舍此一篑之功呢！和方丈及同来的诸先生别去后，我们只带了一位寺里的工人作向导，斩荆披棘，渡石悬崖，在荒凉的草树丛中，泥沙道上，走了两

个钟头，方才走到了那一座东天目绝顶的大仙峰上。

据陪我们去的那一位工人说，仙峰绝顶，常有云雾罩着，一年中无几日清。数年前，山中树各大数围，直至山顶，故虎豹猴儿之属，都栖息其间。后为野火所焚，全山成焦土，从此后，虎豹绝迹，而林木亦绝。我们听了他的话，心里倒也有点儿害怕。因为火烧之后，大树虽只剩了许多枯干，直立在山头，但烧不尽的茅草，野竹之类，已长得有一人身高，虎豹之类，还尽可以藏身。爬过二仙峰后，地下尽是暗水，草丛中湿得象在溪边一样，工人说，这是上面龙潭里流出来的水，虽大旱亦不涸。爬得愈高，空气也愈稀薄，因之大家都急喘得厉害；到了仙缘石上，四面的景色一变，我们四人的兴致，于是更勃发了起来。

这仙缘石，是大仙峰龙潭下的一块数百丈宽广的大石。奇形怪状的岩壁洞窟，不计其数。仙缘石顶，正当那一座峭壁之下，就是龙潭。虽系石壁中小小的一方清水，但溢流出去，却能助成东西两瀑布的飞沫银涛，乡下人的要视此为神，原也不足怪了。并且《东山志》上，还记有昔人曾在此石上遇仙的故事，故而后人题诗，有将此石比作刘阮的天石的。但我们却既不见龙，又不遇仙，只在仙缘石东首的一块像狮子似的岩石上那株老松——这松树也真奇怪，大火时并未焚去——之下，坐了许多时候。山风清辣，山气沉寂，在这孤松下坐着息着，举目看看苍空斜日，和周围的万壑千岩，虽则不能仙去，各人的肚里，却也回肠荡气，有点儿飘飘然像喝醉了酒。

从仙缘石再上百余步，是大仙峰的绝顶了。东望钱唐，群山之下，有一线黄流，隐约返映在夕照之中。背后北面，是孝丰的境界，山色浓紫，山头时有人家似的白墙一串一串的在迷人眼目，却是未消尽的积雪。大仙峰顶，因为面南受阳光独多，所以雪早已融化了，且这一日风大，将蒸气吹散，故而也没有云雾。西望西天目山，只是黑沉沉的一片，远望过去，比大仙峰也并不低，因以知志书上所说的东天目比西天目高四百丈的话的不确。但上大仙峰来一看，群山的脉络，却看得很清，郭景纯所记的“天目山前两乳长，龙飞凤舞到钱塘，海门更点巽峰起，五百年间出帝王”的这首诗谜，也约略有点儿解得通了。

大仙峰南面，有一个石刻的龙王像摆在乱石堆成的一小龛里，我们此来，原非为了求雨。但大约是因为难得再来的关系罢，各人于眺望之余，竟都恭恭敬敬地跪了下去，行了一个九拜之礼；临去时，并且还向龙王道了声珍重，约下了后会。

在下山来的中间，慢慢儿的走着谈着，又向南看看自东天目分下去的群峰，我却私私地想好了几句打油腔，预备一回到杭州，就可以去缴卷消差：

二月春寒雪满山，高峰遥望皖东关。
西来两宿禅源寺，为恋林间水一湾。

这是宿西天目禅源寺的诗。

武帝情深太子贤，分经台上望诸天。

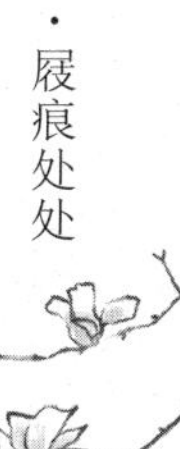

自从兵马迎归后，寂寞人间几百年。

这是今天上分经台的诗。

仙峰绝顶望钱塘，凤舞龙飞两乳长。
好是夕阳金粉里，众山浓紫大江黄。

这是登大仙峰顶望钱塘江的诗。

晚上在昭明禅院的客堂里，翻阅了半夜《东山志》，增啜把徐文长的一首“天目高高八百寻，夜来一榻抱千岑，长萝片月何妨挂，削石寒潭几度深，芋子故烧残叶火，莲花卑视大江心，明朝欲借横空锡，飞度西山再一临”律诗抄了下来，我只抄了几个东天目八景的名目：一，仙峰远眺，二，云海奇观，三，经台秋风，四，平溪夜月，五，莲花石座，六，玉剑飞桥，七，悬崖瀑布，八，古殿栖云。

出昱岭关记

一九三四年三月末日，夜宿在东天目昭明禅院的禅房里。四月一日侵晨，曾与同宿者金篯甫、吴宝基诸先生约定，于五时前起床，上钟楼峰上去看日出，并看云海。但午前四时，因口渴而起来喝茶，探首向窗外一望，微云里在落细雨，知道日出与云海都看不成了，索性就酣睡了下去，一觉竟睡到了八点。

早餐后，坐轿下山。一出寺门，那知就掉向云海里去了；坐在轿上，看不出前面那轿夫的背脊，但闻人语声，鸟鸣声，轿夫换肩的喝唱声，瀑布的冲击声，从白茫茫一片的云雾里传来；云层很厚实，有时攒入轿来，扑在面上，有点儿凉阴阴的怪味，伸手出去拿了几次，却没有拿着。细雨化为云，蒸为雾，将东天目的上半山包住，今天的日出虽没有看成，可是在云海里飘泊的滋味却尝了一个饱。行至半山，更在东面山头的雾障里看出了一圈同月亮似的大白圈，晓得天又是晴的，逆料今天的西行出昱岭关去，路上一定有许多景色好看。

从原来的路上下山，过老虎尾巴，越新溪，向西向南的走去，云雾全收，那一个东西两天目之间的谷里的清景，又同画样的展开在目前。上一小岭后，更走二十余里，就到了于潜的藻溪，盖即三日前下车上西天目去的地点，距西天目三十余里，去东天目约有四十里内外；轿子到此，已经是午后一点的光景，肚子饿得很，因而对于那两座西浙名山的余恋，也有点淡薄下去了。

饭后上车，西行七十余里，入昌化境，地势渐高，过芦岭关后，就是昱岭山脉的盘据地界了；车路大抵是一面依山，一面临水的。山系巉屼古怪的沙石岩峰，水是清澄见底的山泉溪水。偶尔过一平谷，则人家三五，散点在杂花绿树间。老翁在门前曝背，小儿们指点汽车，张大了嘴，举起了手，似在大喊大叫。村犬之肥硕者，有时还要和汽车赛一段跑，送我们一程。

在未到昱岭关之先，公路两岸的青山绿水，已经是怪可爱的了。语堂并且还想起了避暑的事情，以为挈妻儿来这一区桃花源里，住它几日，不看报，不与外界相往来，饥则食小山之薇蕨，与村里的牛羊，渴则饮清溪的淡水。日当中午，大家脱得精光，入溪中去游泳。晚上倦了，就可以在月亮底下露宿，门也不必关，电灯也可以不要，只教有一枝雪茄，一张行军床，一条薄被，和几册爱读的书就好了。

“像这一种生活过惯之后，不知会不会更想到都市中去吸灰尘，看电影的？”

语堂感慨无量地在自言自语，这当然又是他的 Dichtung 在作怪。前此，语堂和增嘏、光旦他们，曾去富春江一带旅行；在路上，遇有不适意事，语堂就说“这是Wahrheitl”意思就是在说“现实和理想的不能相符”，系借用了歌德的书名而付以新解释的；所以我们这一次西游，无论遇见什么可爱可恨之事，都只以Wahrheit与Dichtung两字了之；语汇虽极简单，涵义倒着实广阔，并且说一次，大家都哄笑一场，不厌重复，也不怕烦腻，正像是在唱古诗里的循环复句一般。

车到昱岭关口，关门正在新造，停车下来，仰视众山，大家都只嘿然互相默视了一下；盖因日暮途遥，突然间到了这一个险隘，印象太深，变成了Shock，惊叹颂赞之声自然已经叫不出口，就连现成的Dichtung与Wahrheit两字，也都被骇退了。向关前关后去环视了一下，大家松了一松气，吴、徐两位，照了几张关门的照相之后，那种紧张的气氛，才兹弛缓了下来。于是乎就又有了说，有了笑；同行中间的一位，并且还上关门边上去撒了一抛溺，以留作过关的纪念碑。

出关后，已入安徽绩溪歙县界，第一个到眼来的盆样的村子，就是三阳坑。四面都是一层一层的山，中间是一条东流的水。人家三五百，集处在溪的旁边，山的腰际，与前面的弯曲的公路上下。溪上远处山间的白墙数点，和在山坡食草的羊群，又将这一幅中国的古画添上了些洋气，语堂说：“瑞士的山村，简直和这里一样，不过人家稍为整齐一点，山上的杂草树木要多一点而已。”我们在三阳坑车站的前头，那一条清溪的水车磨坊旁边，西看看夕阳，东望望山影，总立了约有半点钟之久，还徘徊而不忍去；倒惊动得三阳坑的老百姓，以为又是军官来测量地皮，破坏风水来了，在我们的周围，也张着嘴瞪着眼，绕成了一个大圈圈。

从三阳坑到屺梓里，二三十里地的中间，车尽在昱岭山脉的上下左右绕。过了一个弯，又是一个弯，盘旋上去，又盘旋下来，有时候向了西，有时候又向了东，到了顶上，回头来看看走过的路和路上的石栏，绝像是乡下人于正月元宵后，在盘的龙灯。弯也真长，真曲，真多不过。一时入一个弯去，上视危壁，下临绝涧，总以为前不见古人，后不见来者，这车非要穿入山去，学穿山甲，学神仙的土遁，才能到得徽州了，谁知斗头一转，再过一个山鼻，就又是一重天地，一番景色；我先在车里默数着，要绕几个弯，过几条岭，才到得徽州，但后来为周围的险景一吓，竟把数目忘了，手指头屈屈伸伸，似乎有了十七八次；大约就混说一句二三十个，想来总也没有错儿。

在这一条盘旋的公路对面，还有一个绝景，就是那一条在公路未开以前的皖浙间交通的官道。公路是开在溪谷北面的山腰，而这一条旧时的大道，是铺在溪谷南面的山麓的。从公路上的车窗里望过去，一条同银线似的长蛇小道，在对岸时而上山，时而落谷，时而过一条小桥，时而入一个亭子，隐而复见，断而再连；还有成群的驴马，肩驮着农产商品，在代替着沙漠里的骆驼，尽在这一条线路上走；路离得远了，铃声自然是听不见，就是捏着鞭子，在驴前驴后，跟着行走的商人，看过去也象是画上的行人，要令人想起小时候见过的钟馗送妹图或长江行旅图来。

过屺梓里后，路渐渐平坦，日也垂垂向晚，虽然依旧是水色山光，劈面的迎来，然而因为已在昱岭关外的一带，把注意力用尽了，致对车窗外的景色，不得已而失了敬意。其实哩，绩溪与歙县的山水，本来也是清秀无比，尽可以敌得过浙西的。

在苍茫的暮色里，浑浑然躺在车上，一边在打瞌睡，一边我也在想凑集起几个字来，好变成一件像诗样的东西；哼哼读读，车行了六七十里之后，我也居然把一首哼哼调做成了：

盘旋曲径几多弯，历尽千山与万山，
外此更无三宿恋，西来又过一重关，
地传洙泗溪争出，俗近江淮语略蛮，
只恨征车留不得，让他桃李领春闲。

题目是《出昱岭关，过三阳坑后，风景绝佳》。

晚上六点前后，到了徽州城外的歙县站。入徽州城去吃了一顿夜饭，住的地方，却成问题了，于是乎又开车，走了六七十里的夜路，赶到了归休宁县管的大镇屯溪。屯溪虽有小上海的别名，虽也有公娼私娼戏园茶馆等的设备，但旅馆究竟不多；我们一群七八个人，搬来搬去，到了深夜的十二点钟，才由语堂、光旦的提议，屯溪公安局的介绍，租到了一只大船，去打馆宿歇。这一晚，别无可记，只发现了叶公秋原每爱以文言作常谈，于是乎大家建议："做文须用白话，说话须用文言"，这条原则通过以后，大家就满口之乎也者了起来，倒把语堂的 Dichtung and Wahrheit 打倒了；叶公的谈吐，尤以用公文成语时，如"该大便业已撤出在案"之类，最为滑稽得体云。

一九三四年四月十八日

屯溪夜泊记

屯溪是安徽休宁县属的一个市镇，虽然居民不多，——人口大约最多也不过一二万——工厂也没有，物产也并不丰富，但因为地处在婺源，祁门，黟县，休宁等县的众水汇聚之乡，下流成新安江，从前陆路交通不便的时候，徽州府西北几县的物产，全要从这屯溪出去，所以这个小镇居然也成了一个皖南的大码头，所以它也就有了小上海的别名。“生意兴隆通四海，财源茂盛达三江”，这一副最普通的联语，若拿来赠给屯溪，倒也很可以指示出它的所以得繁盛的原委。

我们的飘泊到屯溪去，是因为东南五省交通周览会的邀请，打算去白岳、黄山看一看风景；而又蒙从前的徽州府现在的歙县县长的不弃，替我们介绍了一家徽州府里有名的实在是龌龊得不堪的宿夜店，觉得在徽州是怎么也不能够过夜了，所以才夜半开车，闯入了这小上海的屯溪市里。

虽则小上海，可究竟和大上海有点不同，第一，这小上海所有的旅馆，就只有大上海的五万分之一。我们在半夜的混沌里，冲到了此地，投各家旅馆，自然是都已经客满了，没有办法，就只好去投奔公安局，——这公安局却是直系于省会的一个独立机关，是屯溪市上，最大并且也是唯一的行政司法以及维持治安的公署，所以尽抵得过清朝的一个州县——请他们来救济，我们提出的办法，是要他们去为我们租借一只大船来权当宿舍。

这交涉办到了午前的一点，才兹办妥，行李等物，搬上船后，舱铺清洁，空气通畅，大家高兴了起来，就交口称赞语堂林氏的有发明的天才，因为大家搬上船上去宿的这一件事情，是语堂的提议，大约他总也是受了天随子陆龟蒙或八旗名士宗室宝竹坡的影响无疑。

浮家泛宅，大家联床接脚，在蔑篷底下，洋油灯前，谈着笑着，悠悠入睡的那一种风情，倒的确是时代倒错的中世纪的诗人的行径。那一晚，因为上船得迟了，所以说废话说不上几刻钟，一船里就呼呼地充满了睡声。

第二天，天下了雨；在船上听雨，在水边看雨的风味，又是一种别样的情趣，因为天雨，旅行当然是不行，并且林潘、全、叶的四位，目的是只在看看徽州，与自杭州至徽州的一段公路的，白岳黄山，自然是不想去的了，只教天一放晴，他们就打算回去，于是乎我们便有了一天悠闲自在的屯溪船上的休息。

屯溪的街市，是沿水的两条里外的直街，至西面而尽于屯浦，屯浦之上是一条大桥，过桥又是一条街，系上西乡去的大路。是在这屯浦桥附近的几条街上，由他们屯溪人看来，觉得是完全毛色不同的这一群丧家之犬，尽在那里走来走去

的走。其实呢，我们的泊船之处，就在离桥不远的东南一箭之地，而寄住在船上，却有两件大事，非要上岸去办不可，就是，一，吃饭，二，大便。

况且，人又是好奇的动物，除了睡眠，吃饭，排泄以外，少不得也要使用使用那两条腿，于必要的事情之上，去做些不必要的事情；于是乎在江边的那家饭馆延旭楼即紫云馆，和那座公坑所，当然是可以不必说，就是一处贩卖破铜烂铁的旧货铺，以及就开在饭馆边上的一家假古董店，也突然地增加了许多顾客。我在旧货铺里，买了一部歙县吴殿麟的《紫石泉山房集》，语堂在那家假古董店里，买了些桃核船，翡翠，琥珀，以及许多碎了的白磁。大家回到船上研究将起来，当以两毛钱买的那些点点的磁片，最有价值，因为一只纤纤的玉手，捏着的是一条粗而且长，头如松菌的东西，另外的一条三角形的尖粽而带着微有曲线的白柄者，一定是国货的小脚；这些碎磁，若不是康熙，总也是乾隆，说不定，恐怕还是前朝内府坤宁宫里的珍藏。仔细研究到后来，你一言，我一语，想入非非，笑成一片，致使这一个水上小共和国里的百姓们，大家都堕落成了群居终日，专为不善的小人团。

早午饭吃后，光旦、秋原等又坐了车上徽州去了，语堂、增嘏，歪身倒在床上看书打瞌睡，只有被鬼附着似地神经质的我，在船里觉得是坐立都不能安，于是乎只好着了雨鞋，张着雨伞，再上岸去，去游屯溪的街市。

雨里的屯溪，市面也着实萧条。从东面有一块枪毙红丸犯处的木牌立着的地方起，一直到西尽头的屯浦桥附近为止，来回走了两遍，路上遇着的行人，数目并不很多，比到大上海的中心街市，先施、永安下那块地方的人海人山，这小上海简直是乡村角落里了。无聊之极，我就爬上了市后面的那一排小山之上，打算对屯溪全市，作一个包罗万象的高空鸟瞰。

市后的小山，断断续续，一连倒也有四五个山峰。自东而西，俯瞰了屯溪市上的几千家人家，以及人家外围，贯流在那里的三四条溪水之后，我的两足，忽而走到了一处西面离桥不远的化山的平顶。顶上的石柱石磉石梁，依然还在，然而一堆瓦砾，寸草不生，几只飞鸟，只在乱石堆头慢声长叹。我一个人看看前面天主堂界内的杂树人家，和隔岸的那条同金字塔样的狮子（俗称扁担）石山，觉得阴森森毛发都有点直竖起来了，不得已就只好一口气的跳下了这座在屯溪市是地点风景最好也没有的化山。后来上桥头的酒店里去坐下，向酒保仔细一探听，才晓得民国十八年的春天，宋老五带领了人马，曾将这屯溪市的店铺民房，施行了一次火洗，那座化山顶上的化山大寺，也就是于这个时候被焚化了的。那时候未被烧去而仅存者，只延旭楼的一间三层的高阁和天主堂内的几间平房而已。

在酒店里，和他们谈谈说说，我只吃了一碟炒四件，一斤杂有泥沙的绍兴酒，算起账来，竟被敲去了两块大洋，问"何以会这么的贵？"回答说"本地人都喝的歙酒，绍兴酒本来是很贵的。"这小上海的商家，别的上海样子倒还没有学好，只有这一个欺生敲诈的门径，却学得来青胜于蓝了，也无怪有人告诉我说，屯溪市上，无论哪一家大商店，都有

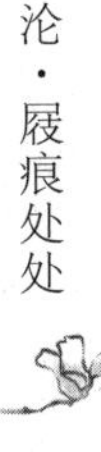

讨价还价，就连一盒火柴，一封香烟，也有生人熟面的市价不同。

傍晚四五点的时候，去徽州的大队人马回来了，一同上延旭楼去吃过晚饭，我和秋原增嘏成章四人，在江岸的东头走走，恰巧遇见了一位自上海来此的像白相人那么的汽车小商人。他于陪我们上游艺场去逛了一遍之余，又领我们到了一家他的旧识的乐户人家。姑娘的名号现在记不起来了，仿佛是翠华的两字，穿着一件黑绒的夹袄，镶着一个金牙齿，相貌倒也不算顶坏，听了几句徽州戏，喝了一杯祁门茶后，出到了街上，不意斗头又遇见了三位装饰时髦到了极顶，身材也窈窕可观的摩登美妇人。那一位引导者，和她们也似乎是素熟的客人，大家招呼了一下走散之后，他就告诉了我们以她们的身世。她们的前身，本来是上海来游艺场献技的坤角，后来各有了主顾，唱戏就不唱了。不到一年，各主顾忽又有了新恋，她们便这样的一变，变作了街头的神女。这一段短短的历史，简单虽也简单得很，但可惜我们中间的那位江州司马没有同来，否则倒又有一篇《琵琶行》好做了。在微雨黄昏的街上走着，他还告诉了我们这里有几家头等公娼，几家二等花茶馆，几家三等无名窟，和诨名“屯溪之王”的一家半开门。

回到了残灯无焰的船舱之内，向几位没有同去的诗人们报告了一番消息，余事只好躺下去睡觉了，但青衫憔悴的才子，既遇着了红粉飘零的美女，虽然没有后花园赠金，妓堂前碰壁的两幕情景，一首诗却是少不得的；斜依着枕头，合着船篷上的雨韵，哼哼唧唧，我就在朦胧的梦里念成了一首：

新安江水碧悠悠，两岸人家散若舟，

几夜屯溪桥下梦，断肠春色似扬州。

的七言绝句。这么一来，既有了佳人，又有了才子，煞尾并且还有着这一个有诗为证的大团圆，一出屯溪夜泊的传奇新剧本，岂不就完全成立了么？

一九三四年五月

游白岳齐云之记

一九三四年三月二十九日，应东南五省周览会之约，出发西游；去临安，去于潜，宿东西两天目，出昱岭关，止宿安徽休宁县属屯溪船上，为屯浦桥下浮家之客；行尽六七百里路程，阅尽浙西皖东山水，偶一回忆，似已离家得很久了，但屈指计程，至四月三日去白岳为止，也只匆匆五六日耳。“山中方七日，世上已千年”，诗人的感觉，的确要比我们庸人灵敏一点！

同来者八人，全增嘏，林语堂，潘光旦，叶秋原的四位，早已游倦，急想回去，就于四月三日的清晨，在休宁县北门外分手；他们坐了我们一同自屯溪至休宁之原车回杭州，我们则上轿，去城西三十里外的白岳齐云游。

休宁，秦汉时附于歙县，晋改海阳海宁，隋时始称休宁，其间也曾作过州治，所以城的规模颇不小。我们自北门的梦宁门进，当街市的正中心拐弯，向西门的齐宁门出，在县城内正走了西瓜的四平开之一分的直角路，已经花去了将近四五十分钟的时间，统计起来，穿城约总有七八里地的直径无疑。

一出西门，就是一条大桥，系架在自榔木岭，松萝山，齐云山流下来的溪上的；滚滚清溪，东流下去，便成了浙水之源之一；在桥上俯视了一下，倒很想托它带个信去，告诉告诉浙中的亲友，说某年某月某日某时，曾在休宁城外，与去齐云山的某某上下外叉相会。

过五里亭，过蓝渡，路旁小山溪流极多，地势也在逐渐逐渐的西高上去，十一点半，到了白岳齐云的脚下。齐云山的香市，以九月为最旺，自秋至冬，迄正月而歇尽。所以山上庙宇房头及店铺之类，虽也有百家内外，但非当香市，则都空着无人居住。我们的中饭，本来是打算上山去吃的，忽而心血来潮，觉得山脚下那个小村子里的饭店，也可以一饱，于是就决定吃了上山，后来到山上去一见许多空屋，才晓得这预感却是王灵官在那里显灵。

我们平常，总只说黄山，白岳，是皖南的名山。而休宁人，除读书识掌故者外，一般百姓，都不知白岳，只晓得齐云。实白岳齐云，是连在一起的许多山的两个名字。白岳山中的一处，名齐云岩，以后山上敕建道观，又适在这齐云岩下，明清五六百年下来，香火一直到现在未绝，一般老百姓的只知道有齐云，不知道有白岳，原因就在这里。康熙年间的《休宁县志》说：

“白岳山在县西三十里，高三百仞，周二十五里，游齐云者，必先登此。”又说：

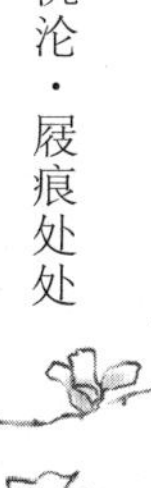

“齐云岩，在白岳西北，高三百五十仞，周围数十里。”

“明嘉靖丙辰（西历一五五六年，亦即赵文华视师江南之岁），世宗以祈祷有灵，改曰齐云山，敕建太素宫。……”

看了这两段记载，大约白岳齐云的所以要打混，与未曾到过的人，每要把一处当作两处看的疑团，总也可以冰释了罢？

饭后从北麓上山，石级蜿蜒曲绕。登山将五十步，过一亭为步云亭，亭后，矗立着一块五六丈高的大石碑，上刻“齐云仙境”的四大字，工整匀巧，不识是何人的手笔。山路两旁，桃花杂树很多，中途的一簇古松尤奇而可爱；在寂静的正午太阳光下，一步一步的上去，过古松，望仙等亭，人为花气所醉，浑浑然似在做梦；只有微风所惹起的松涛，和采花的蜂蝶的鸣声，时要把午梦惊醒，此外则山静似太古，不识今是何世，也不晓得自己的身子，究竟到了什么地方。

到一支小岭脊的中和亭（或为真气亭）后梦就非醒不可，因从这亭子前向北一回望，来路曲折就在目下，稍远是菜花满地的平楚千顷，更远就是那条数溪汇聚的夹源夹溪了，水色蔚蓝，和四面的农村花树，成了一个最美也没有的杂色对称。走出这亭子的南檐，向前面望去，先是一个半圆的幽谷，在这大大的半圆圈里，南尽头沿山有一条石栏小路，和几座不连接的道观禅房；与这一条小路相对，当半圆的这面，就在亭子的南脚下，更有一条雁齿似的堤路，两面是栏杆，中间是桥洞，湾环复与山路相接，是西去上齐云的便道。壁立在这半圆圈上的高峰，西南东三面，是石门岩，密多岩，忠烈岩，真栖岩，拱日峰等。山势飞动，石岩伟巨，初从山下慢慢走上来的人，一到此地，总不得不大吃一惊，因为平常的山里，决没有这一种巨大的石岩，尤其是从白岳山脚下上来的时候，决不会预想到将看见这一种伟大的石山的。这一区，就是白岳山的境界，所谓“游齐云者必先登此”的地方。中和亭（真气亭）内还有一块万历的碑立在那里，亭东首也有一个庙在，我们因为要去看的地方正还多着，所以碑文也没有功夫念，庙里也不曾进去。

沿山走上南去，先到了洞天福地的那一个庙里。据志书之所载，则为无心道人黄上舍国瑞之所筑；然在同一项下，又有一段记载：“明嘉隆间，有一数百岁人居此，坐卧石床，无姓名，不立文字，人第称为邋遢仙，后化去，然有自峨嵋归者，谓又在山中见之。”观此，则洞天福地境内真身洞中的那座坟，或者是邋遢仙人的遗蜕也说不定，因为墓的两旁，还各有一座石床置在那里，石床上并且还各摆着了三四个大约是施舍的铜元。

自真身洞西去，接连着有雷祖，圣帝，通明等殿，都已坍毁不堪，殿外谷中，溪水不断在流，志书上所说的桃花涧，大约总就在这些地方。

我们到了白岳，看见了许多奇岩怪石，已经是不想走了；同来的吴、徐两位，更在这里照一像，那里摄一影地费去了许多底片。殊不知西上一山，进了天门，再下去入齐云境后，样子更是灵奇伟大，到了不可思议的地步，致吴、徐二君大

生后悔，说："片子带得太少了。"

拱日峰下的天门，奇峰突起，底下就是一个像一扇天然的门似的石洞。穿此洞而南下，沿山壁走去，尽是一个个的大洞和一座座的峭壁，真仙洞，圆通岩，雨君洞，珍珠帘，文昌宫，玄芝洞，等等，名目也真多，景致也真怪，地方也实在真好不过。

圆通岩前，有顺治三年石碑二，立在洞的两旁。碑身薄而石刻很深，字迹秀丽非凡。拾小石击碑铛铛作钟磬之音，所以两碑的当中，各已经穿成了一个大洞，碑上的诗句，早就拓不完全了；这和未倒之先的雷峰塔脚，被烧香客挖掘，谓泥石可以治病事一样的为迷信之害；象以齿毙，膏用明煎，人之有一特点而致亡身者，睹此应生感慨。圆通洞，本不甚深，中供何神，亦不曾进去细看，实在因为这一带的神像，碑版，石刻，古器等太多了，身入此间，像到了一处古物陈列所，五花八门，目眩神昏，看也看不得许多，记也记不到底的。

真仙洞（徐霞客所记的罗汉洞即在此处），最深最广，洞中的佛像也最多，四壁石龛内，并且还有许多就壁刻成的石佛，层层排列在那里。在从前，这一带地方，似乎统呼作真仙洞的，以后好事者多，来游者众，道士们也想设法多骗取一点游客的香金，所以就在这一区像罗马的斗兽场似的大半圆石壁的四周，刻上了许多的名字，供起了不少的神像。

珍珠帘，是一座百丈来高的斜覆出去的巨岩，岩下也安置着佛座神堂，空广深幽，是天然的一间高大的石屋。百丈高的石檐上，一排数丈，点点滴滴，不论晴雨，不分四时，时有珍珠似的水滴在往下落。因为岩之高，幅的广，第一滴下来，尚未及半空，第二滴就又继续滴下来了，看起来真像是一层自然的珍珠帘幕，罩在面前，这些珍珠水滴，积少成多，在岩下的大石层中，汇成一大水池，即所谓碧莲池者是。

自珍珠帘沿着半圆的巨壁向西绕去就是文昌宫，玄芝洞，雨君洞等处所。凡沿碧莲池的这半圆圈上，约里把来路的中间，一处一处的名目，还不止这几个，而嵌在壁上的石碣，立在壁前的古碑，以及壁头高处，摩崖刻着的擘窠大字，若一一收录起来，我想总有一部伟大的《齐云金石志》好编（鲁丁两氏的《齐云山志》，因不曾见到，所以关于金石一类，无从记起），这些只好让专门家去搜集，现在这里只提起一件，就是文昌宫前，有明嘉靖年间的大石碑四块，还比较得完整，上面刻着的，是大学士元峰袁翁的律诗四首。

真仙洞附近碧莲池上的这大半圆圈绕过之后，又隔一高岭，再进一重门，拾级抄拱日峰侧面上去，是齐云岩下的正殿太素宫的区域了，到了这里，四面的景色，又突然的一变；愈出愈奇，更变更妙的文章作法，在这齐云仙境的景色里，正可以领悟得出来；可惜我们都是俗骨，没有福分在这里多住几天，来鉴赏这篇奇文，走马看花，只好算是匆匆地做了一个游仙之梦。

去正殿太素宫的路，更加曲折，是一个狭长的英文字母C的样子。太素宫向北建在C字的正中背上，前面缺处，深谷中突起一峰，也是一座百丈来高的锥形石山，为香炉峰。太素宫后的一排石嶂，正中就是齐云岩，峰名玉屏峰，左峰为石鼓，右峰为石钟。石钟峰之右，向西直去，为隐云，浮

云，仙鹊，展旗等峰。石鼓之左，向东这一边，为碧霄，石林，拱日等峰。我们上正殿，系从拱日峰下，顺着C字底下的狭长半圆弯过去的，走了二三里路，方到了太素宫的正门，清初建的一座牌坊之下。路的两旁，尽是些第几第几房，什么什么殿的背依危岩，门临绝涧的二三层楼的建筑物，也有开店的，也有供香客住宿的，闾阎扑地，屋栋连云，数目总约有百家内外。现在这些住屋却都空着，寂寂不见一人，但据陪我们上山的轿夫们说，则这百数家人家，当香市盛日还不够供一半香客们的住宿。秋收完后，四方赶来参拜的善男信女的热心，真可惊叹，真可佩服，也无怪从前的专制皇帝，要假神道来设教了。

齐云山正殿境内的山峰，总括一句，是奇特伟大。我们自山脚，走至太素宫，已有七八里路的高了，然而突出在太素宫上的诸峰，绝壁千丈，仰起头来看看，似乎还有五六里路的高度，到此地来一看才知道《安徽通志》上所说的“层峦刺天，云烟万状”等语句，决不是文人的夸大之辞。去年我曾到过浙东的方岩，那时候见了寿山五峰的天然金字塔样的石岩，以为总是天下无双了，现在又到了这齐云的境内，才觉得方岩附近的石山，还没有这儿的一半高，而此处山势的错综复杂，更非五峰之罗列在一排者可比。

太素宫，是明嘉靖年间敕建的道观，已在前面说起过了，中供玄天上帝，庙貌雄丽，诚如《徐霞客游记》上之所说；但尤其使我们诧异的，是这道观内的钟鼎香炉，铜器石器之类，都还是明朝万历崇祯的旧物，丝毫也没有损坏。不过那一尊所谓百鸟衔泥所成之宋代玄帝像，现在却颜色鲜艳，不象旧时的黧黑了。推想起来，大约清朝入关，这一块地方，总还没有糜烂，洪杨兵乱，此地总也保全了的无疑。凡此种种，都是使老百姓不得不确信齐云圣帝的灵异的证据，因而民间的传说，也连枝带叶地簇生了出来。传说中的最普遍的一段，是关于明刚峰先生海忠介公的。

海瑞因闻齐云山圣帝之灵，来此进香，然而走了半日却走不上山；后经道士点破，以为圣帝菩萨在嫌海公脚上的皮靴是荤的，所以如此，忠介公不得已，只能将革履脱去。及上至正殿，海公看见了殿右的皮制大鼓，就题诗反问，鼓忽自破。从此后，圣帝菩萨命王灵官密随海公，伺有过失，即击杀之。王灵官暗伺三年，及见海公在荒郊无人处，私食一地上之瓜，而系钱数十文于瓜藤之上，便回去复命，以为对这一位慎独不欺的刚峰先生，终是无隙可乘的。

这一段传说，当然是无稽之谈，不过在徽州一带流行的另外一个关于唐越国公汪华的灵验传说，却是可以当作这附近当清兵入关时并未受糜烂的证据的，顺便在此地重述一道，或者为可以供研究史实者的参考。

顺治丙戌，清兵破徽州，总督张天禄梦见一红面长髯者前来告诫；曰“毋伤我百姓！”梦觉，以为关公在显灵。及至汪王庙见了汪王神像，与梦中所见者酷似，张天禄始大惊异，于是乎徽州一带的人民，就得保全了。

吴王汪华，当隋季的乱世，能保境安民，宣、杭、睦、婺、饶的五州，卒赖以平安者十余年，至唐武德四年甲子月降唐，仍为歙州刺史，他的关怀民命，造福桑梓的功德，与钱武肃王原可以后先媲美于东南，或者神灵不泯，突然会向

嗜杀的军阀显一显圣，也说不定。这传说的第二幕，并且还说顺治己亥，当唐士奇之乱时，汪王亦曾同样的有过灵异。不过玄天上帝，曾对海瑞显那些不必要的灵，且又度量狭小，会因破了一鼓而谋报复，却有点说不过去了。这些传说，原只好“姑妄言之，姑妄听之”而已，何况海瑞的有没有到过齐云，还是一个问题哩！此外则白岳齐云的对于求子，特别有灵的故事，也值得一提。所以明李日华有很风雅的自浙江来礼白岳之记，而袁中郎有只求几个年青美貌而不育之妾一祷。

站在太素宫正门外的牌坊底下，向北展望过去，在有一个亭，一个香炉，并有一条铁链系着使人可作攀援之助的香炉峰后，远远看得出一排高低起伏，状如海浪似的青山。山峰中间的一个，头有点儿略向东歪的，据说是黄山的最高峰。我们此来目的是为了想去黄山，但因天寒雪尚未消，同来者也都已游倦之故，黄山的能不能去，早成了问题，因而不知不觉，我就在齐云岩下，遥对着这百余里外的歪头山，竟发了大半天的呆。等到顺蜂路峰向西走去的三位同游者，大声狂叫着说“这儿西面的风景还要好哩！快来！快来！”的时候，我的游黄山的梦也被惊醒了，急忙赶上去一看，果然觉得西面的层岩绝壁，还要高，还要复杂。并且太阳也已经斜到了离西面各山峰不远几尺的地步，我们今天还非得赶回休宁，赶回屯溪去宿不可，黄山当然是不必提起，就是这齐云之西的三姑，五老，独耸，天柱诸峰，以及西天门外的九井桥岩，傅岩诸胜景，也只得割爱了，一边跑，一边我只在恨今天的太阳落去得太快。

沿壁向西，又曲折回旋地走了二里多路，重看了些冲天的石壁，同珍珠帘上的样子一样的危岩，摩崖的大字，以及正德、嘉靖、万历、崇祯的石碣和碑文，到了一处路径有点儿略往下降的地方，大家就立定了脚，因为再走过去，风景一定还要好，结果就要弄得大家非在这荒山里过夜不可。走了半天，我们对于这齐云的仙境，大约总只走尽了五分之二三的地方。虽则两只脚已经是走得很酸痛，肚子里也已经是咕咕地在叫饿，但到了下山的路上，坐入轿子去的时候，大家却不约而同的喊了出来说："今天的一天总算是值得得很！看了齐云，游了白岳，就是黄山不去，也可以向人说说的了。"

轿子回到休宁，总约莫是将近二更，汽车把我们在屯溪站卸下来的时候，连市上的灯火都将熄尽快了，这一次西游的这一个末日，我们总算有益地利用到了百分之百。

一九三四年四月二十九日

黄山札要

一九三四年（甲戌）三月，应东南五省周览会之邀，想去黄山。但一则因天寒雨雪，不便于行，二则因同去者，都不愿去。所以只在齐云岩下，遥望了几处黄山的峰顶。闻安徽建设厅，在赶筑公路，使游人能坐汽车至黄山脚下，可免去自徽州或歙县去的百余里路陆道，则此后去黄山的机会更多了，迟早总打算去一次的，现在先把从各志书及游记上抄落来的黄山形势里程等条，暂事整理在此，好供日后登山时的参考。

摘自《安徽通志》的记录

黄山在徽州府西北三十里（歙县西北六十里），旧名黟山，唐改今名。山高三千七百余丈，盘亘三百里，当徽、宁二府界，世传黄帝尝与容成子，浮丘公炼丹于此，其后又有仙人曹阮之属栖焉。汉末，会稽太守陈业，亦遁迹于此山。《舆地纪》云，黄山诸峰，有如削成，烟霭无际，雷雨在其下。又时有铺海之奇，白云四合，弥望如海，忽迸散，山高出云外，天宇旷然。山有三十六峰，水源如之。（旧志不载峰名，今补注之：有天都，青鸾，紫石，石人，桃北，莲花，硃砂，叠嶂，芙蓉，炼丹，丹霞，云门，紫云，云际，云外，棋石，采石，石门，石床，石柱，仙人，仙都，望仙，上升，浮邱，辕轩，容成，圣泉，清潭，布水，九龙，飞龙，狮子，松林，翠微，掷钵等，凡三十六峰。又别有始信峰，一培塿耳，白鹅峰即李白送温处士归者，皆在三十六峰之外。石人或曰老人，掷钵或曰钵盂，叠嶂或讹胜莲，云门或讹翦刀。炼丹峰里许曰海门，光明顶为前海，狮子林为后海。）又有二十四溪，十二洞八岩，详具山志。《郡国志》称天目高二万仞，而低于黄山者；以徽郡已与天目齐，而此山又特高也。山中多黄连紫术，有汤泉，出香溪中，常涌丹沙，浴之愈疾。西北类太华，故前世亦名小华山。

游黄山记（元·汪泽民·婺源人）

黄山在宣、歙境，雄镇东南。山之阳，逾百里，为歙郡治，其北，三十里，为太平县，又北抵宣治所二百四十里，不当通都大邑舟车之走集，而游者罕至。今年四月九日，余始得游焉。山西之麓，田土广衍，曰焦村，莲峰丹碧，峭拔攒蹙，若桓圭，若侧弁，若列戈矛，若芙蓉菡萏之开，云烟晴雨，晨夕万状。由焦村南道，二十五里至汤岭，仰视群峰，犹在霄汉间。冈阜蟠结，凿石开径，堪岩欹危，瀑布声訇磕如雷，怪石林立，半壁飞泉洒巾袂，当新暑，凄然而秋。又十里，憩样符寺。寺前淙流，走万石间，山皆直松名杉，藤络莎被，篏虁茏茸。下有灵泉，自硃砂峰来，依岩通二小池，上池莹澈，广可七尺，深半之，毫发可鉴。泉出石底，累累

如贯珠不绝，气馝馞若汤，酌之甘芳，盖非他硫黄泉比也。明日遂试浴，垢旋流出，纤尘不留，令人心境清廓，气爽体舒。相传沉疴者，澡雪立瘥，理或然也。寺有南唐碑，初名灵泉院，宋祥符中，改今额。又龙池距寺左三里许，奔流喷薄，泻石潭中，亭午照烛，五色璀璨，诚灵物所居。夜闻啼禽声甚异，若歌若答，节奏疾徐，名山乐鸟，下山咸无有。行寺旁，近见数峰凌空，僧指云："芙蓉，朱砂，其尤高者，天都峰也。"上多名药，采者裹粮以上，三日达蜂顶，予心甚欲游，而鸟道如线，不可，乃止。凡再宿寺中，还至焦村之三日，行三十里，游翠微寺。古松修篁，石涧横道，僧桥焉，覆之屋，以息游者，清泠静邃，已隔尘杂，余为榜曰"翼然"。至寺庭，有井泉，僧言"此麻衣师卓锡处"，泉亦清美，不涸不溢，一峰卓然独秀，直峙东南隅，曰翠微峰。其条支回互，寺居盘中，故诸峰俱隐不见。明发，行十五里，过白沙岭，往往攀崖壁，牵萝蔓，或小木贴岩若栈而度，几不容武，旁临绝壑，惴惴焉不敢俯而窥。又七里，至绝顶；顶平广，倍寻方，据石少休，时晴雨旭霁气象澄洁，环视数百里，冈峦墟落，历历可数。九华绿翠，若莲开陆，焦村向所见峰，皆平挹座间。俄顷，白云滃起，远山近岭，如出没海涛，仅余绝顶槎浙天汉中，倏又敛藏如扫，如是者三，可谓其观矣。日暮抵寺，亦信宿焉。又二日，从村北十里，登仙源观。至元中，新安吴万竹习静兹壤，尝衍《易》宛陵，夸诩其腾，余赠诗还山，今竹存而吴逝已久。林阜周密，南列翠峰，烁形引年者，固其所哉。既还，憩吾宗公仲云松楼。越十日，逾兴岭而南，所谓三十六峰者，骈列舒张，横绝天表，众岫叠岭，效奇献秀，尽在一览，行田畴竟，乃登楼岭，陟小丘，道左竹杉阴森中，小径萦纡，屋才数间，一僧奇庞近八十，煮茗进果，自言结构力田，闲时持经玩空，历二十闰矣。门外营草亭，往来休焉，庳陋且坏，余将改筑，亭之右丈余，南峰翔舞迎乎前，北陇奔跃驻乎后，左右翼如景盆清，名之曰芙蓉亭，而未暇也。循岩曲折，抵白龙潭，巨石谽谺，汹涌冲击，深不可测，岁旱祷雨立至。又度板桥，有小庵，食澹苦修数辈居马；尝有逃空谷者，出奇方，疗人疾颇众，既亡，瘗浮图中。余特征夫山水缪绕，自为奥区于高峰之下，由兴岭抵此，四十五里，人迹辽邈，可屏尘事，遂宿焉，听泉而去。道途为里若干，皆樵牧负贩者，隐度云然，非有堠以步而计也。昔大德戊戌岁，得兹山图经，神思飞越，而因循皓首，甫幸一至，至又弗克久留而去。每登山时，宿云收雨，紫翠如沐，山下之人，皆以为山川灵英，有相之者。时至元再元之六年，庚辰岁也。（见《重修安徽通志》卷二十五）

黄山三十六峰，以天都，莲花两峰为最高，光明顶为全山正中绝顶，文字上最初之登莲花峰而留有纪录者，似以南宋吴龙翰的那篇美文为最早，现在抄在底下：

游黄山记（南宋吴龙翰　字式贤歙县人）

咸淳戊辰（一二六八）十月既望，鲁齐鲍云龙，古梅吴龙翰，足庵宋复一，来观黄山。赑质登高，餐胡麻饭，掬泉饮之，不火者三日，从者皆无人色，率不能从。予三人愈清狂，上丹崖万仞之巅，夜宿莲花峰顶。霜月洗空，一碧万里；古梅谈玄，鲁齐诵史，足庵歌游仙招隐之章；少焉，吹铁笛，赋新诗，飘然有遗世独立之兴。次蹑炼丹峰，过仙人

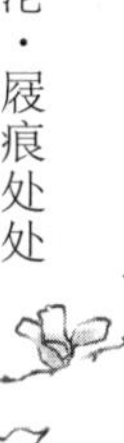

石桥，酌丹泉，徜徉久之。次纡路游水帘洞踏月夜归，少憩兰若，把酒临风，对天都而酹之曰："吾辈与若为熟识，他年志愿俱毕，无忘此山。"昔欧阳永叔，谢希深辈游嵩山，吹箫歌古调，吾辈倡酬之乐似之。韩退之登华山顶，邑令百计取之得下。吾辈冒万险，人迹所不到，其狂又似之。然韩有诗，谢有书，以纪其奇也，吾辈可无一语，留作此山公案乎？于是乎书。（见嘉庆《宁国府志》卷二十一艺文志）

明吴廷简，亦曾登莲花峰绝顶，所著《黄游纪略》，文字亦美丽，因后附有较详的黄肇敏《黄山纪游》一卷，所以将吴著的《黄游纪略》及《黄游续纪》略去。至若徐霞客之两记，亦较黄记为简，不录。

近人黄炎培氏，曾于十数年前去黄山，著有游记，亦至详尽，唯未到西海门，似乎稍有缺恨。他的游记里，也曾提起过，说《黄山志》外间已绝少。伊去时所见之本，系从僧性海处借得者，"康熙间僧弘济编，十之八为文艺，其言方向位置，皆不了了。志首插图数幅，则侧面风景画万峰如海而无名，愈读愈增迷惘，"反不若黄肇敏纪游之确切。本拟将这两黄的游记，同时抄出，附录于后，但因恐篇幅过长反为不美，所以只将黄炎培氏游记中之总结一段，抄在下面；

"……黄山大概，吾略能言之。天海为中心，其南玉屏峰，左右为天都及莲花。天海之北，为光明顶，为狮子峰，朱砂紫云诸峰，在其东部；云门、九龙诸峰，在其西部。上黄山之道，其西吾不知，东南自汤口入，以紫云庵为憩息所，自歙往者，率由此。北自北海门入，以狮子林为憩息所，自太平往者，率由此。其东自苦竹溪入，宜以云谷寺为憩息所，今圮矣。余之行，则自东南入，以捣其中，旋向北行，于临北海处，复折而东南，自山之东路下。第一天，自紫云庵至文殊院，行十八里；第二天，至狮子林，行二十里；第三天，至苦竹溪，二十五里，复至紫云庵十里。……”（见《中华新游记汇刊》卷二〇）

关于黄山的记载，除诸家之游记及明潘之恒之《黄海》六十卷与清闵麟嗣之《黄山志》外，还有一部康熙年间歙县汪于鼎洪度著之《黄山领要录》。上下两卷，共文四十余篇，记黄山各处景物兴革，分条别类，至为详尽，《知不足斋丛书》中有刊本，头上还有王渔洋宋牧仲的两篇叙文。黄肇敏游时，似亦时时以此录为向导，但究因年代湮远，恐与现在的黄山建筑路线等，有些不符了；并且文胜于质，领要录所注重的考沿革，叙景色等处，又都为我们所想略去的部分，现在只将它的头一篇，像总序似的《黄山》抄出，以示一斑：

黄山（汪洪度）

黄山聚千百奇峰，劈地摩天于数百里内，四面周圆，无偏欹缺陷。正面东南向，玲珑萧散，秀绝人区，然古未有黄山名；后魏郦道元《水经注》云：“浙江又北历黝山县，居山之阳，故县氏之。”宋罗愿《新安志》云：“黄山名黟山，在县西北百二十八里，高千一百八十仞。东南则歙，西南为休宁，西北则蔽于宁国府之太平县。相传黄帝曾与容成子、浮丘公合丹于此，后又有仙人曹、阮之属，故峰有容成、浮丘，溪有曹溪、阮溪之名。天宝六年六月，敕改为黄山，按江南诸大山，有天目、天台之属，《郡国志》称天目高万八千丈，仅及黟山之麓，而黟山又特高；然则邻郡诸山，皆此山

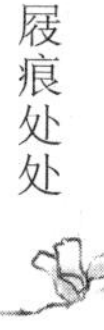

支脉也。山有峰三十六，水源亦三十六，溪二十四，洞十有二，岩八，灵迹不可胜数。水流而下，合扬之水，为浙江之源。”愚按《寰宇志》亦称北黟山，黝即黟也；色微青黑之谓黝，色黑而泽之谓黟。山肤剥尽，而骨仅存，空青所凝，遥望成黛；又肌理细腻，苍润鲜华，以黟名山，允为不易。自唐好道家之说，伪撰《周书异记》，引黄帝改称黄山，嗣后遂因之。明赵防，则谓黄山聩然中居，委和四表，有坤道焉，故名。亦足洗异记之陋。尝考《水经注》，载上虞陈业，值汉之季，洁身清行，遁迹黟山；会稽典录，谓其隐于黟歙，志怀霜雪，正亮之性，同操柳下，呜呼，此古之表名山者，所为独称述斯人也，人之入是山者，尚亦审所自处哉！